Rosenrot ist mausetot

Andreas Giger, geboren 1951, lebt und arbeitet als freier Zukunfts-Philosoph, Sozialforscher, Autor und Fotograf im appenzellischen Wald AR. Im Emons Verlag erschienen «Eine Leiche in der Bleiche», «Mord im Nord» und «Leichenraub mit Eichenlaub».
www.gigerheimat.ch
www.appenzellerkrimi.ch
www.spirit.ch

Dieses Buch ist ein Roman. Die Firma Spross und ihre Chefin gibt es zwar tatsächlich, doch auch sie treten wie alle anderen Figuren und Geschichten in diesem Kriminalroman ausschliesslich als Geschöpfe meiner Phantasie auf.

ANDREAS GIGER

Rosenrot ist mausetot

KRIMINALROMAN

emons:

Bibliografische Information der Deutschen Bibliothek
Die Deutsche Bibliothek verzeichnet diese Publikation in der Deutschen Nationalbibliografie; detaillierte bibliografische Daten sind im Internet über http://dnb.d-nb.de abrufbar.

MIX
Papier aus verantwortungsvollen Quellen
FSC® C083411
FSC
www.fsc.org

Umschlagmotiv: photocase.de/mimikry.ch
Umschlaggestaltung: Tobias Doetsch
Gestaltung Innenteil: César Satz & Grafik GmbH, Köln
Druck und Bindung: CPI – Clausen & Bosse, Leck
Printed in Germany 2013
ISBN 978-3-95451-142-6
Originalausgabe

Ein Garten ist, wie eine menschliche Beziehung,
zu hegen und zu pflegen,
er braucht Liebe, Zuspruch
und Vertrauen, Zuwendung und Leidenschaft
– er will kultiviert sein!
Wer gärtnert, der entdeckt die wesentlichen Werte des Menschseins
und den Rhythmus des Lebens.
Gabriella Pape

Mitternachtsgewitter

Wenn in hingebungsvoll gepflegten Gärten Gärtner nichts Unerwünschtes am falschen Platz wachsen lassen, kann es passieren, dass an anderem Platz das Unerwünschte spontan ins Kraut schiesst.
Christa Schyboll

Der mitternächtliche Himmel hatte sich rasch bezogen. Noch als ich, Franz Eugster, im Dorf Wald aus dem letzten nachts fahrenden Postauto gestiegen war, hatte er sich sternenklar präsentiert. Dennoch wäre mir das zu wenig Licht für die normale Route zu meinem Häuschen oben auf dem Tannenhügel gewesen, denn die führt stellenweise durch den Wald, und da war es mir ganz einfach zu finster. Deshalb hatte ich die etwas weitere, aber immer offen daliegende Route dem Strässchen entlang gewählt, das vom Dorf am Landgasthof Hirschen vorbei in Richtung Grund und Tanne führt. Von dort kann ich den letzten Teil des Weges durch die Wiesen hinaufstapfen.

Jetzt aber zogen in schneller Folge dunkle Wolken vom Alpstein her in Richtung Bodensee. Wenn ich meinen Blick nach rechts zum Säntis wandte, konnte ich schon heftiges Wetterleuchten sehen. Noch aber war kein Donnergrollen zu hören. Nur die Glocken einer Rinderherde, die auf der Wiese am Wegesrand graste, störten die nächtliche Stille. Dem hellen und hohen Glockenklang nach zu schliessen, handelte es sich um Kälber. Die Glocken von Mutterkühen klingen wesentlich dunkler und tiefer, weil sie grösser sind.

Wieder einmal wunderte ich mich darüber, wie die Kühe dieses permanente Bimmeln eigentlich aushalten. Bei Menschen hätte man längst irgendwelche Lärmschutzparagrafen bemüht, um diesen Lärm zu stoppen. Nur um das Gehör der armen Kühe kümmerte sich keiner. Wobei, so arm waren sie gar nicht dran. Wie ich im spärlicher werdenden Licht gerade noch erkennen konnte, lagen einige am Boden und waren mit Wiederkäuen beschäftigt. Und das hatte ich mir immer schon als sehr angenehmen Gemütszustand vorgestellt.

Natürlich konnte ich mir das nicht wirklich vorstellen. Mein lange vorhandener Wunsch, mich mal für eine Stunde in das eine oder andere Tier hineinversetzen zu können, wird wohl nie realisiert werden. Also muss ich mich mit meiner Phantasie behelfen und versuchen mir vorzustellen, wie es wäre, wenn mein innerer Beobachter, der nicht nur registriert, was in der Aussenwelt vor sich geht, sondern auch das, was sich im eigenen Bewusstsein abspielt, wahrnehmen könnte, was zum Beispiel in einer wiederkäuenden Kuh abgeht.

Ich denke, sie ist sehr zufrieden. Sie weiss, dass sie für einige Zeit genug Gras gefressen hat und sich jetzt gemütlich auf den Boden fläzen kann, mit nichts anderem beschäftigt, als das schon gefressene Gras mit langsam mahlendem Gebiss noch einmal zu zerkleinern. Ich male mir das als sehr kontemplativen Bewusstseinszustand aus.

So in der bodenständigen Gedankenwelt einer noch zu schreibenden Hirten-Philosophie versunken, näherte ich mich dem Hirschen. Dort war keinerlei Licht zu sehen, was mich nicht weiter verwunderte. Erstens gab es dort zu mitternächtlicher Stunde schon lange nur noch höchst selten Gäste, und zweitens war heute Ruhetag. Nur in der Wohnung über dem Saal, die seit Jahren von einem deutschen Kelten-Forscher gemietet wurde, war öfters zu später Stunde Licht zu sehen, doch jetzt lag auch sie im Dunklen. Entweder war ihr Bewohner ausnahmsweise früher zu Bett gegangen, oder er war gar nicht da, weil unterwegs auf einer seiner häufigen Reisen.

Da ich nicht erwartete, dass vom Hirschen selbst ein Licht ausging, dachte ich zunächst, es handle sich um die Spiegelung des Wetterleuchtens in den Fensterscheiben. Dann wurde ich stutzig, denn das Licht zeigte sich nur in zwei Fenstern. Es waren die zum Dorf gerichteten Fenster von einem der beiden unter dem Saal liegenden Gästezimmer des Hirschen. Da ich dort immer wieder mal Gäste unterbringe, kannte ich das Innere dieses Zimmers. Je näher ich kam, desto deutlicher wurde, dass in diesem Zimmer ein Licht brannte.

Da der Hirschen immer wieder auch an seinen Ruhetagen Übernachtungsgäste beherbergt, war das nicht weiter verwunderlich. Nur die Art des Lichts stimmte nicht. Da brannte offenkundig weder eine Decken- noch eine Nachttischlampe. Vielmehr handelte es sich um einen dünnen, aber scharfen Lichtstrahl, der im Zimmer herumzuwandern schien.

Während ich noch sinnierte, warum ein Gast sein Zimmer mit einer Taschenlampe ausleuchtet, hörte ich einen scharfen Knall. Der hatte nichts mit dem sich nähernden Gewitter zu tun, sondern kam offenkundig aus dem eben noch so seltsam beleuchteten Gästezimmer des Hirschen. Jetzt jedoch herrschte dort wieder Dunkelheit.

Ich beschleunigte meine ohnehin schon rasanten Schritte noch mehr, um der Sache auf den Grund zu gehen, doch ich war zu spät. Mehr als eine schattenhafte Gestalt in dunkler Kleidung, die den Wiesenhang hinabrannte, um rasch im nahen Wald unterzutauchen, sah ich nicht mehr. An eine Verfolgung war nicht zu denken, zumal der erste Gewitterregen einsetzte.

Was sollte ich jetzt tun? Einfach so in die Privatsphäre eines Hotelgasts einzudringen, ging ja eigentlich nicht. Andererseits deuteten der Knall und die offensichtliche Flucht einer verdächtigen Gestalt darauf hin, dass da etwas ganz und gar nicht in Ordnung war. Getrieben von einer Mischung aus hehren ritterlichen Absichten und purer Neugier beschloss ich nachzusehen.

Zum Glück konnte ich mein iPhone auch als Taschenlampe benutzen. Viel Licht spendete das Ding in der jetzt immer undurchdringlicher werdenden Dunkelheit zwar nicht, doch es reichte aus, um den Weg um die Hausecke herum zu finden. Dort hatte das fragliche Zimmer, wie ich wusste, einen kleinen Balkon, von dem man das auf der gegenüberliegenden Talseite gelegene Nachbardorf Rehetobel sehen kann.

Unter dem Balkon, dessen Brüstung vielleicht zweieinhalb Meter über dem Boden ihren oberen Rand hatte, war ein Spaltstock platziert, ein Stück Baumstamm, auf dem man üblicherweise Holz hackt. Jetzt aber diente er eher als Trittleiter, über die man auf den Balkon gelangen konnte. Messerscharf schloss ich, der vermutete Eindringling hätte wohl den Spaltstock zu diesem Zweck benutzt.

Im Zimmer war es noch immer dunkel und still. Erst leise, dann lauter, versuchte ich mich bemerkbar zu machen. Keine Reaktion. Zunehmend beunruhigt beschloss ich deshalb, denselben Weg wie der Einbrecher zu gehen, und stand nach kleiner Kletterei tatsächlich auf dem Balkon. Ich versuchte, in das Zimmer hineinzuleuchten, doch ausser der Spiegelung auf dem Fensterglas konnte ich nichts erkennen.

Ich bemerkte, dass die Balkontür halb offen stand. Es war heiss gewesen an diesem Tag, und der Gast wollte sich wohl etwas Kühlung verschaffen, was der Einbrecher genutzt haben dürfte. Ich klopfte und rief noch ein paarmal, wieder ohne Ergebnis. Dann schob ich die Balkontür vorsichtig ganz auf und leuchtete ins Zimmer. In diesem Moment zuckte ganz in der Nähe ein Blitz vom Himmel und erleuchtete das Zimmer fast taghell, unmittelbar gefolgt von einem gewaltigen Donnerkrachen.

Blitz und Donner können mich im Allgemeinen nicht erschrecken. Das tat dafür der Anblick umso mehr, der sich mir zunächst im hellen Blitzlicht und darauf wieder im spärlicheren Schein meines iPhones bot. Auf der näher zum Balkon hin liegenden Hälfte des Doppelbetts lag eine Gestalt. Unbeweglich. Was nicht weiter erstaunlich war, floss doch aus einer Wunde in der Brust noch immer ziemlich heftig Blut.

Als Angehöriger der schreibenden Zunft verfüge ich weder über Kenntnisse in Medizin noch über solche in Kriminalistik, doch hier war der Fall sonnenklar: Da lag eine Erschossene in ihrem Blute. Und zu helfen war ihr nicht mehr.

Noch mehr erschrak ich, als ich ein paar Schritte näher zum Bett trat, um das erstaunlich friedliche Gesicht der Toten zu betrachten. Vor Erstarrung war ich kaum fähig, mein Handy auf Telefon-Modus zu schalten und die mir mittlerweile sattsam bekannte Nummer der Polizei zu wählen.

Mitten in der Nacht wirkte der Trupp der in blütenweisse Overalls samt Kapuze gehüllten Spurensicherer noch bizarrer als sonst. Angestrahlt von starken Scheinwerfern bewegten sie sich im Zimmer und draussen, wobei schnell klar wurde, dass dort nichts zu finden sein würde. Zu heftig war der Gewitterregen gewesen, der längst wieder dem hier auf dem Land besonders gut sichtbaren Sternenhimmel gewichen war, als dass man noch irgendeine brauchbare Spur zu finden hoffen konnte.

Karl Abderhalden, Chef der Kriminalpolizei des Kantons Appenzell Ausserrhoden, hatte bei seinem Eintreffen etwas von «der über Leichen stolpert» gemurmelt. Und es hatte nicht sehr erfreut geklungen, was ich ihm trotz unseres freundschaftlichen Verhältnisses nicht übel nehmen konnte. Tatsächlich war es jetzt schon das vierte Mal, dass ich eine Leiche gefunden und ihm damit viel Arbeit verschafft hatte. So was mag niemand, und ich muss gestehen, dass mir diese Serie langsam auch unheimlich wurde. Ich meine, es gibt doch angenehmere Bestimmungen des Schicksals, als ständig über Leichen zu stolpern. Das Blöde an solchen Bestimmungen ist, dass man sie sich nicht aussuchen kann.

Zeit für solche Gedankengänge hatte ich genug. Noch war ich nicht entlassen. Als Tatverdächtiger galt ich nicht, obwohl Karls Assistent einen Verdacht in dieser Richtung geäussert hatte. Karl hatte mit dem Verweis, dass ich als Täter wohl kaum sofort die Polizei alarmiert hätte, abgewinkt. Auf ihn wirke meine Erklärung, warum ich zu später Stunde noch draussen unterwegs gewesen war, plausibel.

Tatsächlich war ich bei meiner Lebensgefährtin Adelina gewesen, die ihre eigene Wohnung in der Altstadt von St. Gallen hat. Und weil sie am anderen Morgen sehr früh rausmusste und ich gedanklich ebenfalls stark von einem aktuellen Schreib-Projekt beansprucht war, hatte ich beschlossen, zu Hause zu schlafen und davor einen schönen sommernächtlichen Spaziergang zu geniessen. Von einem nahenden Gewitter hatte ich in jenem Moment keine Ahnung.

Ich war noch als Zeuge gefragt, wobei ich zu meinem eigenen Leidwesen nicht viel Brauchbares beitragen konnte. Nicht mal, ob es sich bei der flüchtenden Gestalt um einen Mann oder eine Frau gehandelt hatte, vermochte ich zu sagen. Immerhin konnte ich die genaue Tatzeit angeben, doch das half auch nicht weiter.

Zudem brauchte man noch meine Fingerabdrücke. Als eifriger Krimi-Leser und -Gucker wusste ich zwar, dass man an einem Tatort nichts anfassen durfte, und hatte deshalb ein Taschentuch benutzt, um die Balkontür ganz aufzustossen, und drinnen hatte ich auch nichts angefasst. Trotzdem – man wusste ja nie.

Mittlerweile war auch Walter eingetroffen, der Wirt des Hirschens. Wie meistens an den Ruhetagen hatte er die Nacht im benachbarten Heiden bei seiner Frau verbracht. Dass er einen Gast hatte, änderte an dieser Gewohnheit nichts, er kam frühmorgens einfach rechtzeitig zurück, um das Frühstück zu bereiten. Jetzt allerdings hatte man ihn mitten in der Nacht aus dem Bett geholt. Reichlich zerknittert gab er Auskunft. Ja, das sei das einzige belegte Zimmer gewesen, andere Gäste habe es in dieser Nacht nicht gegeben. Und ja, dieser Gast sei schon ein paarmal da gewesen, weil er hier einen besonderen Weit- und Überblick habe. Deswegen habe er auch keinerlei Bedenken gehabt, ihn dieses Mal allein im Haus zu lassen, das sei schon ein paarmal der Fall gewesen. Probleme gab es nie.

Den Namen des Gastes kannte die Polizei. Sie hatte ihn anhand der Identitätskarte festgestellt: Dr. Graziella Rosengarten. Der Ausweis war in ihrer Handtasche gewesen, die man neben Reisegepäck für ein paar Tage im Zimmer gefunden hatte.

Nicht gefunden wurden hingegen Handy oder Laptop. Das wiederum bekam Walter, der Wirt, mit, und wunderte sich: Nicht zuletzt wegen dieser Rosengarten habe er vor einiger Zeit in den beiden moderneren Zimmern WLAN installieren lassen, denn sie hätte ihm klargemacht, dass es das heute einfach brauche, und gleichzeitig mehr oder weniger unverblümt damit gedroht, nicht wiederzukommen, wenn sie sich in ihrem gewohnten Zimmer nicht ins Internet einloggen könne.

Somit war es höchst wahrscheinlich, dass das Mordopfer einen Laptop dabeigehabt hatte, ebenso wahrscheinlich ein Handy. Da beides verschwunden blieb, gab es nur einen Schluss. Der Mörder – oder die Mörderin – musste beides mitgenommen haben.

Als meine Fingerabdrücke im mobilen Kasten waren, schaute

Karl mich intensiv an und sagte mir auf den Kopf zu, ich würde ihm etwas verschweigen. Er kenne mich gut genug, um zu wissen, wann ich mehr wüsste, als ich sagte. Worauf ich mit der Sprache herausrückte: Ja, ich kannte die Tote.

Von: info@aceraceae.biz
Betreff: Liegenschaftskauf
Datum: 12. Juni 11:32:44 MEZ
An: direktion@spross.com

Sehr geehrte Frau Spross Döbeli

Hiermit möchte ich in aller Form ankündigen, dass ich vorhabe, Ihren Liegenschaftskomplex an der Karpatenstrasse in Zürich käuflich zu erwerben.
Mir ist bewusst, dass es nicht zu den Gepflogenheiten Ihres Unternehmens gehört, den eigenen Liegenschaftsbesitz zu veräussern. In diesem Fall werden Sie eine Ausnahme machen.
Es ist nur eine Frage der Zeit. Sie haben, mit Verlaub gesagt, genau zwei Möglichkeiten. Entweder entschliessen Sie sich sofort zum Verkauf – dann soll es Ihr Schaden nicht sein, Sie werden einen sehr angemessenen Verkaufspreis erzielen.
Oder Sie lassen sich erst nach und nach überzeugen, wenn meine Argumente an Schlagkraft gewinnen werden. Das dürfen Sie durchaus wörtlich nehmen. Und je überzeugender meine Botschaften werden müssen, desto tiefer wird natürlich auch der Preis.
Wenn Sie sich zum Verkauf entschlossen haben, können Sie mich leicht erreichen: Rufen Sie einfach die Lokalredaktion des «Tages-Anzeigers» an und erklären Sie sich bereit, eines Ihrer raren Interviews zu geben. Man wird dieses Angebot liebend gerne annehmen. Sorgen Sie im Gespräch dafür, dass Ihr Liegenschaftsbesitz angesprochen wird. Erklären Sie, schon aus Traditionsgründen sei das Prinzip, keine Liegenschaften wegzugeben, im Prinzip heilig, aber jedes Prinzip könne Ausnahmen haben.
Sobald ich diese Botschaft gelesen habe, werde ich mich in geeigneter Form mit Ihnen in Verbindung setzen, um die Modalitäten der Handänderung zu regeln.
Für den Fall, dass Sie Zweifel an der Ernsthaftigkeit meiner Absichten hegen sollten, verweise ich auf einen Refrain aus dem Song «Rosenrot» meiner Lieblingsband Rammstein. Diese Zeilen sind zu meinem Lebensmotto geworden:

Sie will es und so ist es fein,
So war es und so wird es immer sein,
Sie will es und so ist es Brauch,
Was sie will, bekommt sie auch.

Hochachtungsvoll
Aceraceae AG, Amanda Raggenbass

Rosenrot

Tiefe Brunnen muss man graben,
Wenn man klares Wasser will,
Rosenrot oh Rosenrot,
Tiefe Wasser sind nicht still.
Rammstein: Rosenrot

Einen plausiblen Grund dafür, warum ich meine Bekanntschaft mit Graziella Rosengarten zunächst verschwiegen hatte, konnte ich nicht anführen. Musste wohl der Schock gewesen sein. Karl war geneigt, mir zu glauben, sofern ich ihm sofort erzähle, was ich über das Mordopfer wusste.

Viel war das nicht, denn kennen war in diesem Fall eindeutig zu viel gesagt. Ich hatte sie genau einmal getroffen, und wir hatten uns dabei zwei Stunden lang angeregt unterhalten. Mehr war da nicht, obwohl ich gestehen muss, dass ich mir nach diesem Gespräch im Internet noch einige zusätzliche Hintergrundinformationen über Frau Rosengarten beschafft hatte.

Vielleicht war mein Schock dadurch verstärkt worden, dass der Ort, an dem sie zu Tode gekommen war, nur wenige Meter vom Schauplatz unseres damaligen Gesprächs entfernt lag. Obwohl es einige Wochen zurücklag, erinnerte ich mich daran, als ob es gestern gewesen wäre. Entsprechend plastisch war die Schilderung der damaligen Ereignisse, der Karl aufmerksam lauschte.

Es war ein frühsommerlich sonniger und warmer Sonntag gewesen. Ich war, wie immer an Sonntagen, an denen ich allein bin, von meinem Hügel ins Dorf gewandert, um mir die Sonntagszeitungen am Zeitungsautomat zu besorgen, von denen es glücklicherweise in meinem kleinen Dorf mehrere gibt, und befand mich auf dem Rückweg, der am Hirschen vorbeiführt.

Dortselbst erblickte ich auf einer Schiefertafel den Hinweis, heute sei einer der in mehrwöchigen Abständen stattfindenden

Brunch-Sonntage. Entgegen meinen sonstigen Gewohnheiten hatte ich diesmal keine ausreichenden Vorräte für das Wochenende besorgt, was auch daran liegen mochte, dass Adelina verreist war. Deshalb beschloss ich spontan, mich auf die Terrasse des Hirschen mit ihrer prächtigen Aussicht auf den Alpstein zu setzen und dort einen kleinen Brunch zu geniessen.

Die Terrassenstühle waren gut besetzt. Sehr gut sogar. Mein herumschweifendes Auge fand gerade mal einen freien Stuhl. An einem Vierertisch waren zwei gegenüberliegende Stühle von einem Pärchen besetzt, das sich verliebt in die Augen schaute und keinen Blick für die Welt darum herum hatte. Und auf dem dritten Stuhl sass sie.

Ihr rotes Haar leuchtete in der mittäglichen Sonne wie ein flammender Rosenbusch, und auch sonst war sie kaum zu übersehen. Ich schätzte sie auf Anfang fünfzig, eine reife Schönheit, zu der mir spontan das Adjektiv apart einfiel. Selbst mir modischem Banausen fiel auf, dass sie für Ort und Anlass genau richtig angezogen war, dezent und elegant zugleich.

Ehe ich ob dieses unerwartet attraktiven Anblicks ganz zur Salzsäule erstarrte, betrat der Hirschen-Wirt Walter die Terrasse, für einmal in eine saubere weisse Schürze gekleidet. Er durchschaute die Situation sofort und führte mich zum freien Stuhl gegenüber der rothaarigen Schönheit. Er stellte sie als Frau Dr. Rosengarten vor, die den Hirschen als idealen Rückzugsort für ungestörtes Nachdenken und Schreiben entdeckt und schon ein paarmal für ein paar Tage ein Zimmer genommen habe. Ich wiederum, erklärte er ihr, wohne ganz in der Nähe und sei ihm wohlbekannt. Ob sie etwas dagegen habe, wenn ich den freien Stuhl bekäme?

Hatte sie nicht, und das Pärchen am Tisch war ohnehin voll und ganz mit sich selbst beschäftigt. Der Wirt hatte uns genügend Anknüpfungspunkte für ein Gespräch gegeben, das immer angeregter und intensiver wurde. Nach etwa zwei Stunden gab sie mir höflich zu verstehen, dass sie jetzt wieder Rückzug und Ruhe brauche, und so zog ich meiner Wege. Seitdem hatte ich sie weder getroffen noch mit ihr kommuniziert. Meine erste Begegnung mit Rosenrot war auch meine letzte gewesen. Wenn man mal von meiner Auffindung ihrer Leiche absieht. Was man ja wohl kaum als Begegnung bezeichnen kann.

Karl bat mich, von philosophischen Abschweifungen Abstand zu nehmen und lieber zu erzählen, was ich über Frau Rosengarten wüsste. Und zu erklären, warum ich sie Rosenrot genannt hatte.

Ich tat ihm den Gefallen und begann mit einer Antwort auf seine erste Frage. Graziella Rosengarten war, oder, wie ich nun leider sagen müsse, war gewesen, eine weitherum bekannte und anerkannte Gartenarchitektin. Ihr Ruf, den sie mir ohne falsche Bescheidenheit schilderte, beruhte nicht nur auf der Gestaltung einiger als herausragend wahrgenommenen Gärten und Gartenlandschaften. Einer breiteren Öffentlichkeit war sie bekannt geworden, da sie nicht nur Gärten gestaltete, sondern über Gärten und das Gärtnern auch nachdachte und über ihre Erkenntnisse in einer leicht verständlichen und lockeren Sprache in Zeitungskolumnen und Gartenbüchern berichtete.

Beides durfte ich im persönlichen Gespräch geniessen, ihre bunten und vielfältigen Gedankengänge rund um das Thema Garten, ebenso wie ihre manchmal blumige, manchmal schnoddrige, niemals aber akademische Sprache. Wir redeten über die neue Popularität des Gärtnerns, ebenso wie über philosophische, soziologische, psychologische, ökonomische, kulturanthropologische und weiss der Kuckuck was für welche Bezüge zum Gartenbau.

Als sich selbst diese hochgradig spannenden Themen für einen Moment erschöpft hatten, bat ich sie, mir eine persönliche Frage zu beantworten. Ihr Deutsch und eine gewisse Schnoddrigkeit klängen für mich nach Berliner Wurzeln. Ob das zutreffe?

Sie bejahte und erzählte – die Atmosphäre zwischen uns war mittlerweile recht vertrauensvoll geworden – einige Details aus ihrem Leben. Sie entstammte einer alten jüdischen Gelehrtenfamilie aus Berlin, der es gelungen war, rechtzeitig vor den Nazis nach England zu fliehen. Graziella, die ihren Vornamen einer nie ausgelebten Schwärmerei ihres Vaters für eine feurige Südländerin verdankte, war dort aufgewachsen und hatte im Mutterland der Gartenbaukunst studiert, ehe sie für einige Jahre nach Berlin zurückzog, um dort Gärten zu gestalten und Studenten zu unterrichten.

Mit der Zeit war ihr das Leben in Berlin zu hektisch und zu anstrengend geworden. Auf der Suche nach einem etwas beschaulicheren Arbeits- und Lebensort war sie in Zürich gelandet, wo sie dank ihres Renommees bald einen Lehrauftrag an der Eidgenössischen Technischen Hochschule, der ETH, angeboten bekam.

Eigene Gärten wollte sie nach wie vor gestalten, doch nicht mehr in der Rolle der selbstständigen Unternehmerin. Deshalb hatte sie einen Kooperationsvertrag mit der Spross AG, einem der grössten Gartenbauunternehmen der Schweiz, geschlossen. Für Spross sollte sie einerseits besonders anspruchsvolle Gartengestaltungen übernehmen und andererseits ein Fortbildungskonzept für fortgeschrittene Gartengestalter entwickeln.

Ich hatte später im Internet die Medienmitteilung gefunden, in der die beiden Beteiligten ihre künftige Kooperation bekannt gaben. Der freudig-erwartungsvolle Ausdruck im Gesicht der beiden Frauen, die sich auf dem beigefügten Bild die Hand gaben, wirkte echt. Beide, Natalie Spross Döbeli, in der fünften Generation Chefin des Unternehmens, wie die Bildlegende verkündete, und Graziella Rosengarten, freuten sich offenkundig auf eine Zusammenarbeit, die beiden Seiten Gewinne versprach.

Graziella Rosengarten hatte mir in unserem Gespräch von diesen Potenzialen richtiggehend vorgeschwärmt. Für sie bedeutete diese Zusammenarbeit die Möglichkeit, ohne unternehmerisches Risiko das zu tun, was sie am liebsten tat: anspruchsvolle Gärten gestalten. Und zudem die Chance, ein anderes Herzensanliegen auf neuen Wegen zu verwirklichen: ihr Wissen an Jüngere weiterzugeben.

Umgekehrt erhoffe sich die Firma Spross, dass etwas von ihrem Ruf als Gartengestalterin und Lehrerin abfärbe. Das hätten die, fügte Rosengarten lächelnd hinzu, gar nicht nötig, aber ihr könne es nur recht sein. Es böte ihr jedenfalls die Möglichkeit, gut bezahlt in Ruhe über Gartengestaltung nachzudenken. Dafür sei es ihr in Zürich wiederum zu laut, weshalb sie froh sei, diesen Rückzugsort im Appenzellerland entdeckt zu haben.

Als ich mich während des Erzählens immer besser an jenes sonntägliche Gespräch erinnerte, fiel mir wieder ein, dass sie damals angekündigt hatte, in ein paar Wochen wiederzukommen, um sich in Ruhe auf einen Vortrag vorzubereiten, den sie an der ganz nahe gelegenen Universität St. Gallen zum Thema «Gartenbau als Modell für die Unternehmensführung?» halten sollte.

Das erklärte ihren jetzigen Aufenthalt im Hirschen. Karl wies seinen Assistenten an, im Internet nach dem genauen Datum dieses Vortrags zu suchen. Tatsächlich war dieser für den Spätnachmittag des folgenden Tags gebucht, der mittlerweile längst der heutige Tag geworden war.

Karl liess es für den Moment mit der Befragung gut sein, nicht ohne vorher noch einmal nachzubohren, was es für eine Bewandtnis mit «Rosenrot» habe. Ich gab ihm nur eine Kurzversion. Die ausführlichere könne er in ihrem autobiografischen Buch «Wie mich der Garten entdeckte» nachlesen. Dort hatte ich auch erst nach unserem Gespräch auf der Terrasse von ihrem Spitznamen erfahren.

Graziella Rosengarten hatte schon als Kind jede freie Minute im kleinen Garten ihres englischen Exils verbracht. Wenn das Wetter zu schlecht war, zeichnete sie stundenlang Pläne und Skizzen von traumhaft schönen Gärten. Besonders aber liebte sie die Blumen der uralten Rosenhecke, von denen sie die ganze Saison über immer eine in ihr feuerrotes Haar steckte. Beides, die Farbe ihres Haars wie ihre Vorliebe für Rosen, brachte ihre Eltern dazu, sie Rosenrot zu nennen. Ihre Mutter hatte ihren richtigen Vornamen ohnehin nie wirklich gemocht, weil er sie zu sehr an eine potenzielle Nebenbuhlerin erinnerte, und ihr Vater, der stolz auf den Namen Rosengarten war, fand, Rosenrot erinnere zwar daran, sei aber kürzer und damit praktischer. Zudem war er ein grosser Fan der Märchen der Gebrüder Grimm, weshalb er auch das eher unbekannte Märchen «Schneeweisschen und Rosenrot» kannte und aus nicht weiter erklärten Gründen fand, der Name passe zu seiner Tochter.

Der Name war an ihr hängen geblieben, und eine ganze Zeit

lang hatte sie ihn auch als Pseudonym für ihre Veröffentlichungen verwendet, ehe sie fand, nun sei sie alt genug, um zu ihrem richtigen Namen zu stehen. In meiner Erinnerung an unsere Begegnung jedoch blieb sie als Rosenrot hängen, was mir weniger als Spitzname und vielmehr als Kosename erschien.

Karl schmunzelte und meinte, ich hätte mich ja offenbar ein bisschen in die Dame verknallt gehabt, womit er nicht völlig unrecht hatte. Bevor ich mich dazu äussern konnte, erschien ein Spurensicherer, um zu vermelden, im Zimmer der Toten sei unter einem Schrank ein iPod gefunden worden, den diese vermutlich in einer letzten Zuckung im Todeskampf dahingeschleudert habe.

Der iPod in leuchtendem Pink war etwas ramponiert, aber noch voll funktionsfähig. Der Assistent von Karl, in technischen Dingen offensichtlich bewandert, fand rasch heraus, was Graziella Rosengarten unmittelbar vor ihrem Ableben gehört hatte: den Song «Rosenrot» aus dem gleichnamigen Album der deutschen Rockgruppe Rammstein. Ihr zweiter Name war ihr also doch nähergelegen, als sie öffentlich verkündet hatte.

Von: info@aceraceae.biz
Betreff: Liegenschaftskauf
Datum: 19. Juni 09:17:06 MEZ
An: direktion@spross.com

Sehr geehrte Frau Spross Döbeli

Darf ich davon ausgehen, dass Sie schon gehört haben, was heute Nacht in Ihrer Baumschule in Binz geschehen ist? Ihre Mitarbeiter dürften nicht schlecht gestaunt haben, als sie in der riesigen, mit Buchsbäumen bepflanzten Fläche hässliche Löcher entdeckt haben.
Ja, ich kann Ihre Vermutung bestätigen: Die Löcher stammen von Flammenwerfern. Meine Mitarbeiter haben ganze Arbeit geleistet. Und präzise. Auf dem Bild, das sie vom Ergebnis der Aktion gemacht haben, kann man es deutlich sehen.
Nur für den Fall, dass Ihre Leute vor lauter Übereifer, den Schaden möglichst rasch zu beseitigen, um ihn vor den bald zu erwartenden Besuchern zu verheimlichen, ihre Dokumentationspflicht vernachlässigt haben sollten: Die Brandlöcher in den Buchsbäumen bilden ein deutlich sichtbares Muster. Genauer: einen Buchstaben. Noch genauer: ein K. Dieser Buchstabe steht, Sie werden es längst erraten haben, gnädige Frau, für Karpatenstrasse. Was ich damit will und wie ich diesen meinen Willen durchzusetzen gedenke, habe ich in meinem letzten Mail zweifelsfrei klar genug formuliert.
Nur eines noch: Es kann zu Ihrem Schaden nicht sein, wenn Sie die unendliche Weisheit des geflügelten Wortes beherzigen: Wer nicht hören will, muss fühlen.

Hochachtungsvoll
Aceraceae AG, Amanda Raggenbass

Tiefe Wasser

Man muss nicht erst sterben,
um ins Paradies zu gelangen,
solange man einen Garten hat.
Persische Weisheit

Mittlerweile war es zwei Uhr nachts geworden. Das Gewitter hatte sich verzogen, dabei aber dunkle Wolken am Himmel zurückgelassen, zwischen denen sich einzelne Sternbilder gelegentlich hervorwagten. Die Spurensicherung hatte ihre Arbeit beendet und packte die Ausrüstung zusammen. Auch für mich gab es keinen Grund, länger zu bleiben.

Ich wollte gerade die restlichen zwanzig Minuten Marsch hinauf zu meinem Häuschen unter die Füsse nehmen, als ich merkte, dass ich dazu nicht die geringste Lust hatte. Und irgendwie auch keine Kraft mehr. Die Entdeckung dieser Leiche hatte mich mehr mitgenommen, als ich gedacht hatte. Bei näherem Zusehen merkte ich, dass das nicht so überraschend war. Beim ersten Mal, als mir das geschah, war der tote Körper doch etliche Meter weit weg im Bach gelegen und zudem schon einige Tage tot gewesen. Im zweiten Fall war das Mordopfer zwar unmittelbar vor mir aufgetaucht, doch vom äusseren Eindruck her unversehrt. Und beim dritten Mal ging es um eine Gletscherleiche, die seit siebenhundert Jahren im Eis ruhte.

Diese Funde waren auch nicht spurlos an mir vorbeigegangen, doch jetzt hatte ich die Leiche eines Menschen gefunden, der wenige Minuten zuvor noch gelebt hatte. Und von äusserlicher Unversehrtheit konnte angesichts der Blutlachen keine Rede sein. Zudem hatte ich die Tote gekannt. Kein Wunder also, dass ich die Erscheinungen eines leichten Traumas spürte. Vielleicht steckt man einen solchen Schock im reifen Alter von über sechzig nicht mehr so leicht weg wie in jüngeren Jahren.

Mein iPhone hatte wegen seiner intensiven Nutzung als Taschenlampe einen erheblichen Teil seiner Akku-Ladung verloren, doch für einen Anruf bei Adelina reichte es noch. Nach längerem Läuten bei Adelina meldete sie sich schlaftrunken, doch als ich ihr die Kurzversion der Geschichte lieferte, wurde sie sofort wach und meinte entschieden, es sei wohl das Beste, wenn ich zu ihr käme, statt allein zu sein.

Karl Abderhalden hatte offenbar mitbekommen, wie es um mich stand, und als er von meinen geänderten Plänen hörte, zögerte er nicht, einen seiner Polizeibeamten anzuweisen, mich, den Autolosen, in die Stadt zu Adelinas Wohnung zu fahren. Ich bedankte mich für diese freundschaftliche Geste, doch Karl winkte ab und riet mir, mich erst einmal gründlich auszuschlafen. Für die Unterzeichnung des Zeugenprotokolls reiche es, wenn ich am Nachmittag bei ihm erschiene.

Noch während der zwanzigminütigen Fahrt hörte ich mir auf meinem Smartphone den Song «Rosenrot» an, der mir davor noch nie zu Ohren gekommen war. Der Akku reichte gerade noch, um ihn runterzuladen und einmal zu lauschen. Mir war dieser Stromausfall recht, denn ich fühlte mich jetzt wirklich hundemüde.

Die Treppen bis zu Adelinas Dachwohnung im vierten Stock schaffte ich eben noch. Ihre innige Umarmung zur Begrüssung gab mir so viel Lebenskraft, dass ich in der Lage war, ihr die Ereignisse dieser Nacht in einer ausführlicheren Version als eben am Telefon zu erzählen.

Etwas überrascht, um nicht zu sagen verärgert, wirkte sie schon, als ich ihr dabei gezwungenermassen von meiner Begegnung mit Rosenrot berichtete, wie ich sie schon ganz automatisch nannte. Warum ich ihr das verschwiegen hätte, begehrte Adelina zu wissen, und meine Erklärung, ich hätte es nicht für so wichtig gehalten, befriedigte sie anscheinend nicht.

Bevor dazu sinnlose Beziehungsdiskussionen ausufern konnten, obsiegte Adelinas Neugier. Sie wollte mehr über Rosenrot wissen, und als ich eine Kurzversion der Geschichte abgeliefert hatte, die ich zuvor Karl erzählt hatte, gestand sie mir, dass sie Graziella Rosengarten auch kannte. Nicht persönlich zwar, aber doch grössere Teile ihres publizierten Werks.

Das wiederum erstaunte mich, denn Adelina hatte mir bisher ihre heimliche Liebe für die Gartenbaukunst nie offenbart. Dieses Geständnis brachte uns dazu, mit einem lachenden und einem weinenden Auge zur Kenntnis zu nehmen, dass man auch in einer Liebesbeziehung immer unendlich viel über den anderen nicht weiss.

Adelina hätte gerne noch etwas mehr über die Gartenthemen gehört, über die ich damals mit Rosenrot gesprochen hatte, doch dafür fühlte ich mich nicht mehr fit genug. Ich wollte nur noch schlafen. Und Adelinas tröstende Nähe spüren. Ein paar Bilder von Blut und Tod zogen durch mein Bewusstsein. Dann war ich weg.

Als ich am späten Vormittag halbwegs erfrischt aufwachte, war Adelina wie angekündigt weg. Sie hatte einen geschäftlichen Termin, den sie nicht verschieben konnte, wollte aber am frühen Nachmittag zurück sein und hatte mich gebeten, auf sie zu warten. Was ich liebend gerne tat. Ich hatte nichts Dringendes vor, wollte nicht allein sein und freute mich darauf, mit Adelina den neuen Fall zu besprechen. Ohne sie hätte ich ja keinen meiner früheren lösen können.

Ich kannte Adelinas Wohnung bestens, schliesslich hatte ich in letzter Zeit öfters bei ihr übernachtet. Nur sehr selten allerdings war ich allein dort gewesen und merkte jetzt, dass das einen anderen Blick in ihre Räume ermöglichte. Ihr Schlafzimmer war in warmen Gelbtönen gehalten und wirkte wegen einiger sparsam, aber gekonnt angebrachter Details wie Vorhänge, Kissen und Nippes ausgesprochen feminin.

Gelbtöne liebte Adelina auch bei ihren Kleidern, wie mir der Blick in ihren offenen Schrank bestätigte. Ein paar andere kräftige Farben waren ebenfalls vertreten, dagegen wenig Grau und Schwarz. Zwei oder drei Businesskostüme hingen da, ansonsten liebte sie es lässig und bequem. Ich riss mich von der Betrachtung ihrer Kleidersammlung los, weil mich das nur auf unkeusche Gedanken brachte, und ging in die Küche, um mir einen Kaffee zu machen.

Die Küche war eher spartanisch eingerichtet. Adelina hatte

kein Faible für aufwendige Kochereien, auch wenn sie einige einfachere Gerichte sehr wohl beherrschte. Vor allem liebte sie frische Kräuter, wie eine ganze Reihe liebevoll gestalteter und gepflegter Töpfe auf der Fensterbank zeigte. Wäre ich weniger blinden Auges gewesen, hätte mich dieser Umstand längst darauf bringen können, Adelina interessiere sich für die Pflanzenzucht.

Das Wohnzimmer, das ich jetzt mit dem Kaffee in der Hand durchquerte, war ebenfalls spartanisch, fast Zen-mässig, eingerichtet. Ein Sofa, ein Sessel und der Flachbildschirm des Fernsehers bildeten die einzige Einrichtung, an den weissen Wänden hing kein einziges Bild. Das Büro dagegen, das ich jetzt betrat, um an ihrem Computer meine Mails zu checken, hätte auch dasjenige eines männlichen Computerfreaks sein können. Diverse technische Geräte, deren Funktion ich höchstens ahnte, standen und lagen chaotisch herum. Manche von ihnen blinkten, andere brummten, und dazwischen waren unordentliche Papierhäufchen platziert, wo immer sich eine Lücke gefunden hatte.

In meiner Mailbox fand sich, angesichts der hochsommerlichen Flaute nicht überraschend, nichts von Bedeutung oder Dringlichkeit. So hatte ich Zeit, noch etwas über diese Wohnung zu sinnieren, die so schön Adelinas unterschiedliche Facetten spiegelte. Dieses Büro war ein Abbild ihrer computertechnischen Talente und Fähigkeiten, die sie zu einer erfolgreichen Spezialistin für IT-Sicherheit gemacht hatten. Das Wohnzimmer war Ausdruck ihrer kühl-analytischen Seite, die zum Kontemplativen neigte. Im Schlafzimmer dagegen lebte sie voll ihre Weiblichkeit aus.

In einem für Adelinas Verhältnisse kostbaren Silberrahmen an der Wand hinter ihrem Hauptcomputer hing ein Bild, das sie zusammen mit ihrer Tante im Kreuzgang jenes polnischen Klosters zeigte, in das sie sich damals kurz vor Abschluss unseres ersten Falls zurückgezogen hatte, um zu sich zu finden. Sie war schon als Kind in die Schweiz gekommen, hatte aber ihre Herkunft aus Polen nie vergessen. Und auch nicht das Katholische, wie ich von unserem dritten Fall wusste, als sie der armen Gletscherleiche Appi mit einem Kreuzamulett geistlichen Trost spendete.

Wieder einmal betrachtete ich Adelina auf diesem Bild genauer.

Sie war etwas jünger als jetzt, da sie auf die Mitte dreissig zuging, hatte sich aber seither kaum verändert. Ihre mittelgrosse Gestalt war weiblicher und runder, als es das herrschende Schönheitsideal verlangt, ohne jedoch im Geringsten pummelig zu wirken. Schulterlange dunkle Haare umrahmten ein Gesicht, das auf den ersten Blick unauffällig wirkte und nicht im landläufigen Sinne hübsch. Das Auffälligste waren ihre Augen, die unvergleichlich strahlen konnten, aber auch von einer gehörigen Portion gelebten Lebens erzählten, in dem Leid und Enttäuschungen manchmal einen ungebührlich grossen Platz eingenommen hatten.

Hübsch oder nicht hübsch, ich fand sie einfach schön. Vielleicht, weil ich schon lange an eine Maxime glaubte, die ausgerechnet der grosse Spötter Karl Kraus so formuliert hatte: «Liebe und Kunst umarmen nicht, was schön ist, sondern was eben dadurch schön wird.»

Noch während ich mit einem warmen Gefühl in der Brust an Adelina dachte, kam sie nach Hause. Ich hatte leider kaum noch Zeit, bevor ich zum Unterschreiben der Aussage aufbrechen musste, weshalb wir uns auf den Abend vertagten, um meinen nächtlichen Leichenfund ausführlicher zu besprechen.

★★★

Mit dem roten Bähnchen fuhr ich nach Trogen, um auf dem dortigen Polizeiposten mein Zeugenprotokoll zu unterschreiben. Und wie es auch schon guter Brauch war, gingen Karl und ich danach in die benachbarte Krone, um einen Kaffee zu trinken und den Fall zu besprechen.

Dabei erfuhr ich einige wenig überraschende Fakten. Der Tod war durch einen einzelnen Schuss ganz in Herznähe eingetreten, und zwar wenige Minuten bevor ich das Opfer gefunden hatte. Der Knall, der meine Aufmerksamkeit erregt hatte, war also tatsächlich ein Schuss gewesen. Aus einem sehr weitverbreiteten Pistolen-Modell. Frau Dr. Rosengarten, wie er sie respektvoll nannte, war nicht sofort tot gewesen, sondern hatte vielleicht noch eine Minute oder zwei gelebt.

In dieser kurzen Zeit hätte sie, so die Polizeiärztin, durchaus noch halbwegs bei Bewusstsein gewesen sein können. Darauf wies der Umstand hin, dass die Leiche auf der rechten Seite lag. Ihre Hand war bei dieser Drehbewegung auf dem Nachttisch gelandet. Direkt auf einem Schriftstück, auf dem unübersehbar das unverkennbare Logo der Gartenbaufirma Spross prangte: ein stilisiertes goldenes Platanenblatt und daneben, ebenfalls in goldenen Lettern, der Schriftzug Spross.

Dass auf dem Nachttisch ein Dokument von Spross gelegen habe, sei nach meinen Informationen nicht überraschend, meinte Karl. Fraglich sei nur, ob die Hand der Toten zufällig dort gelandet sei oder ob sie damit der Nachwelt einen Hinweis auf die Täterschaft habe geben wollen.

Selbst für diesen unwahrscheinlichen Fall, so Karl, sei es auszuschliessen, dass Spross direkt etwas mit den tragischen Geschehnissen zu tun haben könnte, dafür geniesse die Firma einen viel zu untadeligen Ruf, wie seine Beamten schon mit einer kurzen Recherche zweifelsfrei herausgefunden hätten. Wenn überhaupt, müsse es also eine indirekte Verbindung geben, nur habe er keine Ahnung, welche.

Die Spurensicherung hatte nichts Brauchbares gefunden. Lydia, Serviertochter, Bäckereiverkäuferin, Mädchen für alles und vor allem gute Seele des Hirschen, hatte das Zimmer vor dem Eintreffen des neuen Gastes gründlich geputzt. Nur an einigen ganz abgelegenen Stellen fanden sich deshalb andere Fingerabdrücke als jene von Graziella Rosengarten, und die waren offenkundig uralt. Der Mörder musste also Handschuhe getragen haben.

Die Befragung der Nachbarn war ergebnislos geblieben. Niemand hatte etwas bemerkt oder einen Schuss gehört. Karl wunderte sich nicht: Nachbarschaft hiess hier, oberhalb des eigentlichen Dorfkerns, nicht, dass Häuser direkt nebeneinander standen. Vielmehr gab es dazwischen grössere bis grosse Distanzen. Und selbst falls jemandem der Knall aufgefallen wäre, hätte er ihn leicht als Teil des Gewitters interpretieren können. Falls, denn die Menschen in einer solchen Gegend schlafen in der Regel um Mitternacht tief und fest.

Auch der Wirt hatte zur Tatzeit neben seiner Frau geschlafen, was diese mittlerweile glaubhaft bestätigt hatte. Der Mieter der oberen Wohnung befand sich an einem Keltenkongress in Dresden, auch das war zweifelsfrei festgestellt worden. Andere potenzielle Täter aus der Umgebung fand selbst der misstrauische Assistent von Karl nicht. Ich selbst war zwar in der Nähe des Tatorts gewesen, doch dafür gab es einen plausiblen Grund. Sowohl Adelina als auch der Fahrer des Postautos hatten meine Geschichte verifiziert.

Ob es sich um ein Beziehungsdelikt handeln könne, fragte ich Karl ganz direkt, das sei doch immerhin das häufigste Mordmotiv. Er wolle das nicht ausschliessen, man sei noch daran, das familiäre und sonstige Umfeld abzuklären. Die bisherigen Erkenntnisse sprächen jedoch nicht für ein Beziehungsdelikt.

Graziella Rosengarten hatte allein gelebt, in einer nicht besonders grossen Wohnung in einem nicht besonders hippen Viertel von Zürich. Es gab zwar einen Exmann, doch die Scheidung war viele Jahre her. Ihre Eltern lebten nicht mehr, Kinder hatte sie keine. Von einer festen Beziehung war in den bisherigen Ermittlungen nirgends die Rede. Und selbst wenn es eine solche doch geben sollte, so Karl, hätte es wohl einfachere Orte und Wege gegeben, um Graziella Rosengarten umzubringen.

Zudem hinterlassen Beziehungstäter, fuhr er fort, eigentlich immer irgendwelche Spuren. Das völlige Fehlen der selbigen weise deshalb eher auf einen Profi hin. Ob dieser zum Vornherein geplant hatte, sie umzubringen, oder ob das nur geschehen sei, weil sie ihn beim Klauen des Laptops erwischt habe, müsse vorderhand offenbleiben. Fest stünde jedoch, dass es sehr schwer sein würde, den Killer zu finden. Der habe sicher sein Auto gut versteckt irgendwo in der Nähe abgestellt und sei nach der Tat damit längst über alle Berge.

Für Karl war klar, dass es nur eine Chance gab, dem Killer auf die Spur zu kommen: Man musste seinen Auftraggeber finden. Was zur entscheidenden Frage führte: Wer hatte welches Motiv?

Ich war mir nicht sicher, ob die Beschränkung der Ermittlungen auf einen Auftragsmord wirklich im Sinne der Wahrheitsfindung stand. Das sagte ich Karl auch, für meine Verhältnisse sogar ziemlich direkt. Er murmelte etwas betreten, ich hätte ja recht, nur müsse er eben seine Kräfte konzentrieren. Für Fälle wie diesen, der zudem noch heikel sei, weil das Opfer eine bekannte Persönlichkeit gewesen war, hätte er einfach nicht genug qualifiziertes Personal.

Deswegen habe er auch nichts dagegen einzuwenden, fügte er hinzu, wenn Adelina und ich auf eigene Faust ein paar Ermittlungen anstellten. Das sage er natürlich nur als Privatmann und keineswegs als Amtsperson. Er wisse ja von früheren Fällen, dass wir zusammen ein ganz gutes Privatschnüfflerpaar abgeben. Bezahlen allerdings könne er nichts, er habe kein Budget für externe Zulieferer.

Ich versprach ihm, mit Adelina zu reden. Dann machte ich mich auf den Heimweg hinauf zu meinem Hügelhäuschen, wo bald danach Adelina eintraf. Ich berichtete ihr von Karls Ansinnen. Wir waren uns rasch einig, dass wir uns des Falls annehmen wollten. Adelina fand die Publikationen von Rosenrot so gut, dass sie deren Mörder auf keinen Fall ungestraft davonkommen lassen wollte. Mir ging es ähnlich. Ich hatte eine spannende Frau kennengelernt und insgeheim sogar auf eine Fortsetzung unseres Austauschs gehofft. Jetzt war diesem blühenden Leben ein gewaltsames Ende bereitet worden. Doch von wem und warum? Das bedurfte einer baldigen Aufklärung.

Die Sache mit der Gratisarbeit löste sich bald nach unserem Grundsatzentscheid ebenfalls in Minne auf – jedenfalls potenziell. Die Firma Spross gab bekannt, sie setze eine Belohnung für sachdienliche Hinweise aus, die zur Aufklärung der grauenhaften Mordtat an ihrer verdienten Partnerin Dr. Rosengarten führen könnten.

Die Summe war hoch genug, um uns beiden ein paar Ermittlungstage sorgenfrei zu finanzieren, oder auch ein paar Tage mehr. Wir mussten sie uns nur noch verdienen, indem wir den Mord an Rosenrot aufklärten. Beide waren wir frohgemut, dass wir das sehr bald schaffen würden. Wie konnten wir damals auch wissen, dass die Aufklärung wesentlich komplizierter und aufwendiger werden würde als gedacht?

Von: info@aceraceae.biz
Betreff: Liegenschaftskauf
Datum: 26. Juni 07:57:31 MEZ
An: direktion@spross com

Sehr geehrte Frau Spross Döbeli

Nomen est omen, wie der Lateiner sagt. Namen sind nie zufällig. Auch nicht Ihrer. Spross. Sie werden zugeben, dass es ebenso naheliegend wie genial war, meiner jüngsten Botschaft an Sie diese Namensgleichheit zugrunde zu legen.
Ich meinerseits wertschätze sehr wohl Ihre Genialität und die Ihrer Mitarbeitenden bei der Ideenentwicklung und Ausführung Ihres neusten Projekts. Eine Mischung aus Ahorn und Platane zu züchten, das hat schon was. Könnte ein echter Kassenschlager werden. Der ideale Stadtbaum, und viel schöner als all seine Vorgänger.
Ja, ich weiss, Sie haben das Projekt unter absoluter Geheimhaltung vorangetrieben. Erst jetzt, wo der eine und andere Spross dieser Neuzüchtung pflanzfertig ist, wollten Sie allmählich daran denken, die staunende Öffentlichkeit zu informieren. Dumm nur, dass Sie jetzt keinen einzigen Spross mehr haben.
Sie dürfen meinen Mitarbeitenden nicht böse sein, weil sie das Geheimnis gelüftet und die Sprosse geklaut haben. Sie haben sie nämlich gar nicht geklaut. Nur entführt. Sie bekommen sie zurück, sobald unser Geschäft über die Bühne ist. Ich will eine so kostbare Züchtung nicht einfach verschwinden lassen. Und schon gar nicht will ich Ihnen und Ihrer Firma schaden. Ich will nur mein Ding.
Übrigens, Sie wissen schon, dass das Wort Spross nicht nur in der Pflanzenkunde verwendet wird. Umgangssprachlich verwendet man ihn laut Lexikon auch für «Nachkomme einer Familie».

Hochachtungsvoll
Aceraceae AG, Amanda Raggenbass

Ramm-Stein

Der Baum hat Äste,
das ist das Beste.
Denn wäre er kahl,
dann wär's ein Pfahl.
Spontispruch

Ein voller Bauch studiert nicht gern. Ein leerer aber auch nicht. Deshalb hatten wir uns ein den sommerlichen Temperaturen angepasstes leichtes Abendessen gegönnt, bevor wir uns wieder dem Fall Rosenrot zuwandten. Ein Gläschen Wein und ein Pfeifchen hatten zur neuen Geschmeidigkeit unseres Geistes beigetragen.

Die Atmosphäre um uns herum verhinderte zunächst ein gedankliches Eingehen auf ein so grausliches Geschehen wie die aufzuklärende Bluttat, dafür war sie einfach zu friedlich. Wir sassen im kleinen Garten neben meinem Häuschen oben auf der Hügelkuppe, in zwei Liegestühlen, deren abgeschossener Stoff von einem beträchtlichen Alter zeugte. Ihre eigentliche Aufgabe, uns ein bequemes Sitzen in freier Natur zu ermöglichen, erfüllten sie jedoch nach wie vor anstandslos.

Die über dem Gupf ob Rehetobel bereits untergegangene Sonne sandte ihre letzten Strahlen zur Nordwand des Säntis, die darob ein ganz anderes Aussehen gewann: Während sie tagsüber im Schatten wie eine ebene Fläche wirkt, sahen wir jetzt ihre Felsstrukturen im Spiel von Licht und Schatten, wodurch sie an Tiefe gewann und nicht mehr nur zweidimensional, sondern, ihrer wahren Natur entsprechend, dreidimensional wirkte. Und das alles in einem ungemein friedlich stimmenden, warmen gelbrosa schimmernden Licht.

Eine ganze Weile genossen wir schweigend diesen unvergleichlichen Anblick. Dann verschwanden die Sonnenstrahlen ganz, und am Himmel war bereits der Abendstern sichtbar. Auf tausendeinhundert Metern über Meer bedeutet das, dass es bald empfindlich kühl werden würde. Da wir unbedingt noch im Garten bleiben und die Sommernacht geniessen wollten, hatte ich ein Feuer vorbereitet, das ich jetzt anzündete. Bald schlugen die Flammen des für den Anfang eingesetzten Kleinholzes knisternd gegen den sich zunehmend verdunkelnden Himmel.

Ich nutzte das letzte Tageslicht, um meinen Blick durch meinen kleinen Garten umherschweifen zu lassen. Wobei «mein» eindeutig übertrieben war. Mein Vorgänger in der Rolle des Häuschen-Mieters hatte ihn nämlich angelegt, und zwar so, dass darin kaum mehr etwas zu tun übrig blieb. Es gab darin, in einer chaotischen, aber doch sinnvoll scheinenden Mischung, Kletter- und Buschrosen, Beerensträucher, ein Beet mit mehrjährigen Blumen und einen Felsgarten mit niedrigen Bodenbedeckern. Und den grosszügigen Sitzplatz aus roh behauenen Steinplatten.

Rosen und Sträucher mussten regelmässig beschnitten werden. Das dafür nötige Wissen hatte ich mir aus Büchern angeeignet, und genügend Energie für eine solche Einmalaktion brachte ich auch jedes Mal auf, wenn es wieder so weit war. Für kontinuierlichere Gartenarbeit dagegen bin ich nicht geboren, sosehr ich Gärten liebe, und deshalb war es mir nur recht gewesen, einen so pflegeleichten Garten übernehmen zu können.

Ich liess Adelina an meinen Gedankengängen teilhaben. Sie konnte sie nachvollziehen und meinte, auch sie würde lieber über Gärten nachdenken und sich in ihnen wohlfühlen, so wie in meinem, statt dauernd darin herumzuwerkeln. Wenn sie mal in die Verlegenheit kommen sollte, einen eigenen Garten anzulegen, würde sie damit sicher ein gutes Gartenbauunternehmen beauftragen.

Womit wir endlich beim Thema waren. Ich berichtete Adelina von meinem Gespräch mit Karl und erwähnte speziell, dass die bisherigen Ermittlungen jeden Verdacht beseitigt hätten, dass die Firma Spross irgendetwas mit der Ermordung ihrer Partnerin zu tun haben könnte. Jedenfalls nicht im Sinne von Verantwortung oder Schuld. Die seltsame Lage der rechten Hand der Toten auf einem Dokument der Spross AG musste wohl doch Zufall gewesen sein.

Adelina meinte nur trocken, das sei für sie von Anfang an ein völlig irriger Verdacht gewesen. Ein traditionsreiches Unternehmen mit einem tadellosen Ruf werde nicht so blöd sein, alles aufs Spiel zu setzen, indem es sich auf schwerstkriminelle Taten einlässt. Zudem fehle jegliches Motiv. Wer bringt schon die Partnerin einer erfolgreichen Kooperation um?

Ich konnte ihr nur zustimmen, gestützt auf die Ermittlungen der Polizei. Kurz bevor ich mich an diesem Nachmittag von Karl verabschiedet hatte, war diesem von seinem Assistenten per Telefon mitgeteilt worden, zusätzliche Erkundigungen bei Mitarbeitenden und Kunden von Spross hätten ergeben, dass die Partnerschaft zwischen Spross und Frau Rosengarten äusserst erfolgreich angelaufen war. Alles verlief bisher in Minne, von grösseren Konflikten wusste niemand zu berichten, auch die Chemie zwischen den beiden Damen stimmte offensichtlich. Karl gab mir diese Erkenntnis zum Abschied mit auf den Weg, verbunden mit der Empfehlung, den Mörder woanders zu suchen.

Das bedeute, beendete ich meinen Bericht, dass der Mörder, entgegen der anderslautenden Meinung des Volksmunds, diesmal nicht der Gärtner sein könne. Adelina blickte mich fragend an. Den Spruch «Der Mörder ist immer der Gärtner» kannte sie nicht. Kein Wunder. Im Jahr, in dem diese Zeile geprägt wurde, war sie noch lange nicht geboren, das musste Anfang der siebziger Jahre des letzten Jahrhunderts gewesen sein.

Bevor ich auch nur die Chance hatte, mein Gedächtnis nach weiteren Informationen zu durchforsten, hatte Adelina zu ihrem, auch draussen immer bereiten, iPad gegriffen und den Spruch gegoogelt. Jetzt, als sie aus den Suchergebnissen des unerschöpflichen Wikipedia-Lexikons vorlas, fielen mir die Fakten auch wieder ein. Ein bisschen spät zwar, aber Hauptsache, Adelinas Wissensdurst wurde gestillt.

«‹Der Mörder ist immer der Gärtner› ist der Titel eines Liedes von Reinhard Mey. Es erschien 1971 auf dem Album ‹Ich bin aus jenem Holze›. ‹Der Mörder ist immer der Gärtner› ist eine Parodie auf populäre Stereotype in Kriminalromanen und -filmen, insbesondere auf die in den 1960er-Jahren populären

Edgar-Wallace- und Agatha-Christie-Verfilmungen. Der Titel findet sich im Refrain des Liedes wieder:

Der Mörder war wieder der Gärtner,
und der plant schon den nächsten Coup.
Der Mörder ist immer der Gärtner,
und der schlägt erbarmungslos zu!

Aufgrund seiner Popularität ging der deutsche Titel des Liedes in den 1970er-Jahren als geflügeltes Wort in die deutsche Sprache ein.»

Nein, das geflügelte Wort hob diesmal nicht vom Boden der Tatsachen ab, darüber waren wir uns einig. Wieder versanken wir in Schweigen und bestaunten lieber den immer plastischer hervortretenden Sternenhimmel, als eine laue Dämmerungsböe einen intensiven Duftschwall von den Rosenstöcken zu uns herüberblies. Dass ich, davon angeregt, an Rosenrot dachte, war unvermeidlich. Und half, eine Erinnerung heraufzubeschwören, die ich völlig vergessen hatte und die deshalb auch Adelina bisher unbekannt war.

Es ging um den gleichnamigen Song, den Rosenrot als letzten auf ihrem iPod gehört hatte. Einmal hatte ich ihn auf der Fahrt vom Leichenfundort zu Adelina gehört gehabt, dann war er im Dunkeln des Vergessens verschwunden gewesen, bis eben. Jetzt wollte ich mir diesen Song noch einmal anhören und bat Adelina, ihn zu diesem Zwecke runterzuladen.

Das sei gar nicht nötig, erwiderte sie, der sei, wie alles von Rammstein, in der Musiksammlung ihres iPads gespeichert. Schon setzte sie zu einer ausführlichen Erklärung ihres Verhältnisses zu dieser Musik an, als ich sie im letzten Moment stoppen konnte. Zur Begründung erklärte ich ihr, ich hätte keinerlei Verhältnis zu dieser Musik, «Rosenrot» sei der erste Song von Rammstein, den ich bewusst gehört hätte, und deshalb wollte ich ihn mir jetzt zunächst erst einmal unbelastet von allen Hintergrundinformationen ein paarmal anhören. In Musik stecken manchmal Botschaften, vielleicht ja auch im letzten Song, den sich Rosenrot angehört hat.

Auf Adelina schien dies einleuchtend zu wirken, denn schon erschallte ohne weitere Kommentare in der höchsten Lautstärke, die dem kleinen Kästchen möglich ist, die Ballade von Rosenrot.

An der Musik konnte es nicht liegen, dass mich dieses Lied bei jedem zusätzlichen Anhören mehr faszinierte. Da gibt es zwar einen satten, rhythmischen Sound, der zum Wippen animieren kann. Gitarren und Schlagzeug bestimmen den Klang, dazwischen wabern einige Synthesizertöne, die zum Schluss in elegischen Sphären verklingen. Ganz okay, aber nicht vom Hocker reissend.

Nein, es musste der Text sein, der mich anzog. Adelina offenbar auch, denn sie ging kurz rein, um diesen Text in zwei Exemplaren auszudrucken, sodass wir ihn jetzt beim Hören im Schein des Feuers mitlesen konnten.

Es handelt sich dabei um eine krude Mischung. In den drei erzählenden Strophen wird das Motiv von Goethes Heidenröslein aufgegriffen. Und abgewandelt. In Goethes Gedicht, erklärte ich Adelina, die nicht in den Genuss von so viel humanistischer Bildung gekommen war wie ich, «Sah ein Knab ein Röslein stehn, Röslein auf der Heiden ...». Der Knabe will das Röslein brechen, dieses droht ihm, ihn dafür zu stechen – eine ziemlich unverblümte Entjungferungsgeschichte.

Adelina wollte mehr darüber wissen, doch ich bat sie, diesen interessanten Seitenpfad später einzuschlagen, damit wir uns jetzt auf die Version von Rammstein konzentrieren könnten. Dort ist es nämlich ein Mädchen, das ein Röslein stehen sieht, und dieses blüht nicht in der ebenen Heide, sondern in lichten Höhen. Das Mädchen will das Röslein auch nicht selbst pflücken, sondern bittet ihren Liebsten, es ihr zu holen. Dieser erklimmt unter Qualen den Berg und pflückt das Röslein. Beim Abstieg stürzt er wegen eines ausbrechenden Steins in den tiefen Grund.

In einem ersten Refrain wird das Mädchen beschrieben, das den so gefährlichen wie verhängnisvollen Auftrag gegeben hat. Der Refrain gipfelt in den Zeilen «Sie will es und so ist es Brauch, was sie will, bekommt sie auch.» Ob sie allerdings wirklich das

Röslein gewollt hatte oder aber das tragische Ende des Abenteuers, bleibt offen.

Im zweiten Refrain wird Rosenrot direkt angesprochen:

Tiefe Brunnen muss man graben,
Wenn man klares Wasser will,
Rosenrot oh Rosenrot,
Tiefe Wasser sind nicht still.

Eine Rosenrot, die im übrigen Liedtext nicht auftaucht. Es war Adelina, die auf diesen Umstand hinwies und daraus folgerte, wenn es eine spezielle Beziehung zwischen der ermordeten Rosenrot und diesem Liedtext gegeben habe, müsse sie in diesem speziellen Textteil begründet liegen. Dies sei plausibel, fügte sie hinzu, weil nach ihrem eigenen Wissen Graziella Rosengarten als Gartengestalterin eine besondere Vorliebe für Brunnen gehabt habe. Das könne bedeuten, dass sie sich von den ersten beiden Refrainzeilen besonders angesprochen gefühlt habe.

Ich konnte ihr nur zustimmen, wenngleich ich im Moment keine praktische Anwendung dieser Erkenntnis sehen konnte. Vielleicht war ja die letzte Zeile aufschlussreicher. Ich sprach sie ein paarmal lautlos aus, als es mir wieder einfiel. Genau darüber hatten Rosenrot und ich uns bei unserer ersten und einzigen Begegnung auf der Terrasse des Hirschen unterhalten. Davon erzählte ich der aufmerksam lauschenden Adelina.

Irgendwie waren wir damals auf Wasser als für Graziella Rosengarten zentrales Element der Gartengestaltung gekommen. Immer wieder hatte sie Brunnen aller Art eingesetzt, denn fliessendes Wasser gehörte nach ihrer unerschütterlichen Überzeugung einfach zu einem anständigen Garten.

Zwei- oder dreimal hatte sie sogar die Gelegenheit gehabt, nach eigenem Brunnenwasser graben zu lassen, jedes Mal mit Erfolg. Dabei hatte Rosenrot ihre Fähigkeit entdeckt, intuitiv und ganz ohne Wünschelruten-Brimborium zu fühlen, wo sich eine Tiefenbohrung nach klarem Wasser lohnte. Das, kommentierte Adelina, sei eine gute Erklärung für Rosenrots Beziehung zu den ersten beiden Zeilen des Refrains.

Rosenrot hatte mir an jenem Sonntagmittag begeistert von einem Auftrag erzählt, der ihre Beziehung zu fliessendem Wasser in der Gartengestaltung in eine neue Sphäre katapultieren werde. Auf einem grossen Grundstück sollte eine vorhandene Quelle zur Gestaltung eines längeren künstlichen Bachs genutzt werden.

Kleine Kunstbäche mit einem geschlossenen Wasserkreislauf hatte sie früher schon gestaltet; und dabei neue Qualitätsmassstäbe gesetzt, etwa beim Finden besonders leiser Pumpen oder extrem belastbarer Teichfolien. Doch eine Einschränkung war immer da gewesen: Sie konnte nur künstliche Bäche mit einer geringen Wassertiefe gestalten.

Das würde nun anders werden. Der Garten, den sie zusammen mit Spross gestalten sollte, bot ihr, zusammen mit dem reichlich vorhandenen Geld des Auftraggebers, erstmals die Möglichkeit, einen Kunstbach so zu gestalten, dass er seinem natürlichen Vorbild so nahe wie möglich kam. Wozu eben vor allem gehörte, dass der Bachlauf auch tiefere Stellen enthalten sollte.

Ich konnte ihre Begeisterung teilen. Auch ich hatte eine besondere Beziehung zu fliessenden Gewässern, zu Bächen und kleinen Flüssen, konnte ihnen stundenlang zuschauen und lauschen. Einen Erklärungsansatz für diese ausgeprägte Vorliebe hatte ich in einem astrologischen Modell gefunden, wonach mein Sternzeichen, der Krebs, nicht einfach dem Element Wasser im Allgemeinen zugeordnet wird, sondern dem fliessenden Wasser im Besonderen. Wie oft in solchen Fällen hatte ich befunden, wenn es nicht wahr sei, so sei es doch gut erfunden, und die Hauptsache sei, dass es passe.

Davon hatte ich Rosenrot an jenem Sonntag erzählt, worauf sie mir mit einem bezaubernden Lachen erklärte, auch sie sei Krebs und hätte von dieser Erklärung schon gehört, mit der sie ähnlich umgehe wie ich. In jenem Moment empfand ich ein Gefühl tiefer Seelenverwandtschaft mit ihr, ein Potenzial von Übereinstimmung, die einen grossen Raum von Wahrnehmungen und Empfindungen, von Erfahrungen und Überzeugungen umfasst, über den man sich nicht auseinandersetzen muss, weil man ihn ganz selbstverständlich teilt.

Von dieser damaligen Gefühlsaufwallung erzählte ich Adelina nichts, doch sie merkte sie mir an und sagte sie mir auf den Kopf zu. Hörte ich da eine leise Anwandlung von Eifersucht? Ich konnte sie beruhigen, indem ich schilderte, dass mich diese Form von trauter Zweisamkeit nie wirklich gereizt hatte, obwohl sie mir ein paarmal angeboten worden war. Sicher, die Aussicht auf eine kuschelig-gemütliche Zweisamkeit ohne grosses Konfliktpotenzial hatte etwas Verlockendes, doch die damit verbundene fehlende Spannung hatte mich immer abgeschreckt. Spannung braucht nun mal Unterschiede, und von denen gab es zwischen Adelina und mir genug.

Adelina war beruhigt, ich konnte meinen Bericht beenden. Angeregt durch das Gespräch über niedrige und tiefe Bäche waren wir damals auf ein anderes geflügeltes Wort gestossen: Stille Wasser sind tief. Dabei hatte ich zu meiner Schande entdeckt, dass ich zwar die übertragene Bedeutung dieses Spruchs kannte, mir jedoch nie Gedanken über seine Herkunft gemacht hatte. Wenn eher stille, introvertierte und unscheinbare Menschen plötzlich etwas Überraschendes von sich geben oder tun, spricht man von stillen Wassern, unter deren Oberfläche sich so manches verbirgt. Doch woher kam dieses Bild? Ob sie, Frau Rosengarten, darüber etwas wisse?

Natürlich wusste sie: Die Oberfläche von fliessendem Wasser kräuselt sich nur dann, wenn Steine oder andere Hindernisse die Strömung behindern. Im Gegensatz zu flachen Gewässern kann man Turbulenzen in den Tiefen jedoch kaum noch an der Oberfläche wahrnehmen. Die Wasseroberfläche bleibt schön ruhig, auch wenn sich in der Tiefe etwas tut. So wies dieser Spruch ursprünglich darauf hin, dass im tiefen Wasser Turbulenzen entstehen können, auch wenn an der Oberfläche nichts darauf hindeutet.

Genau auf diesen Zusammenhang verwies die Liedzeile «Tiefe Wasser sind nicht still». Wie das zustande gekommen war und vor allem, was es für Rosenrot bedeutet hatte, wussten wir allerdings nicht. Und versanken in ratloses Schweigen. Dann fiel mir wieder ein, dass Adelina mir vorhin mehr über die Gruppe Rammstein erzählen wollte. Ich bat sie darum und fügte hinzu, dass ich deren

Musik tatsächlich nicht kenne und nur wisse, dass es sich um eine kommerziell erfolgreiche deutsche Band im Bereich Hardrock handle. Und dass sie immer wieder umstritten gewesen sei, weil ihr Nazi-Nähe vorgeworfen wurde.

Das sei, entgegnete Adelina, zwar eine sehr knappe Zusammenfassung, doch eigentlich genüge diese schon – es sei denn, man wäre Fan. Und das, gestand sie, sei sie in ihrer Jugend tatsächlich gewesen. Schon auf Rammsteins erstes Album namens «Herzeleid» sei sie total abgefahren. Sie war, wie ich durch Nachfragen herausfand, damals süsse siebzehn Jahre alt gewesen und in einer rebellischen Phase, wie sie für dieses Alter normal ist. Neue Deutsche Härte, wie die Band etikettiert wurde, klang in ihren Ohren wunderbar verrucht.

Auch das Anrüchige, das mit Rammstein von Anfang an verbunden war, reizte einen rebellierenden Teenager. Allein schon dieser Name! Er bezog sich eindeutig auf den Ort einer Tragödie, an dem bei einer Flugshow zwei Flieger ineinandergekracht und in das Publikum gestürzt waren und über siebzig Menschen töteten. Selbst die grammatikalische Schludrigkeit, dass jener Ort Ramstein mit einem m heisst, der Bandname aber zwei ms enthält, störte Adelina damals nicht. Im Gegenteil. Sie fand sie und den Umstand, dass offenblieb, ob bei diesem Versehen simple Blödheit oder abgebrühtes Kalkül dahinterstand, schlichtweg genial.

Ein ähnlich fasziniertes Prickeln empfand Adelina damals angesichts der vor allem in den Anfangszeiten von Rammstein erhobenen Vorwürfe, die Band vertrete rechtsextremes Gedankengut. Mehrdeutige Texte, eine brachiale Musik und die Verwendung von Nazi-Symbolen in Videos nährten solche Urteile. Später, erzählte Adelina weiter, als sie Rammstein längst nicht mehr bewunderte, aber immer noch verfolgte, habe die Gruppe für sie glaubhaft versichern können, sie sei gegen Rechtsextremismus. Selbst der Verfassungsschutz des Landes Nordrhein-Westfalen habe ihr 2005 einen Persilschein ausgestellt und bescheinigt, Rammstein sei nicht als rechtsextremistisch einzustufen.

Nach ihrer heutigen Einschätzung, so Adelina, hätten die Jungs damals einfach um jeden Preis auffallen wollen. Das einfachste

Mittel dazu sei nach wie vor Provokation, und womit könne man in Deutschland besser provozieren als mit angeblicher Nazi-Nähe? Ein solches Kalkül sei zwar mindestens geschmacklos, wenn nicht mehr, doch es habe funktioniert, wie man sehe.

Ich fragte Adelina nach einem typischen Beispiel für die Bildsprache von Rammstein, und sie meinte, ich würde mir am besten gleich das Video zum Song «Rosenrot» ansehen. Ich war entsetzt. Sich geisselnde Mönche und blutiger Mord und Totschlag – nein, das brauchte ich wirklich nicht. Als unappetitlich und abstossend empfand ich diese Bilder. Beinahe hätten sie mir den Spass am gehörten Song verdorben. Erst der feste Entschluss, mir dieses Video nie wieder anzusehen, und ein nochmaliges Anhören der reinen Akustikversion versöhnten mich wieder mit «Rosenrot».

Adelina wunderte sich nicht über meine Reaktion. Ihr ging es mittlerweile ähnlich, wie sie erklärte. Umso mehr wunderte sie sich darüber, dass Graziella Rosengarten ausgerechnet die rohe Musik von Rammstein gehört hatte, sie, die feine Ästhetin. Und dass sie nicht abgestossen worden war vom nicht unverschuldeten zweifelhaften bräunlichen Ruf der Band, sie mit ihrer jüdischen Herkunft.

Vielleicht, vermutete ich, war es ihr ja wie mir ergangen, und sie war nur auf diesen einen Song gestossen, ohne sich um den Rest zu kümmern. Adelina hielt das für möglich, aber nicht für wahrscheinlich. Nach allem, was sie über Graziella Rosengarten wisse, sei diese eine kluge, reflektierte und wissbegierige Frau gewesen, die sicher sofort nach Hintergründen geforscht hätte, wenn sie auf einen Song wie «Rosenrot» getroffen sei.

Eine gewisse Nähe von Rosenrot zum Namen der Band könne sie, Adelina, ja noch verstehen, schliesslich habe es eine Gartengestalterin oft mit Steinen zu tun. Aber mit einem Ramm-Stein eher nicht. Ein solcher zerstört nur, bringt Tod und Verderben. Eine Gärtnerin jedoch hat es mit Leben, mit Wachstum, mit Gestaltung zu tun. Nein, das ergebe alles keinen Sinn.

Adelina verstummte. Hinter ihrer Stirn arbeitete es deutlich sichtbar. Dann griff sie unvermutet zum iPad, tippte darauf herum und murmelte etwas, das wie «wusst ich's doch!» klang. Ich muss etwas verdutzt aus der Wäsche geguckt haben, denn sie entschuldigte sich sofort für ihre Geistesabwesenheit und zeigte mir, was sie gefunden hatte.

Irgendwie, erklärte Adelina, habe sie immer gewusst, den Namen Rosengarten schon in einem anderen Zusammenhang gehört zu haben. Jetzt endlich sei ihr eingefallen, wo. Durch unser Gespräch über die rechtsextremistische Aura von Rammstein war sie an ihre Jugend erinnert worden. Damals hatte sie nach der Phase des Flirts mit den Nazi-Symbolen und der Anhimmelei von Rammstein eine radikale Kehrtwende vollzogen, wie es in diesem Alter nicht unüblich ist. Vermutlich auch aus Scham über ihre vorangegangene Geschmacksverstauchung begann sie, sich politisch gegen Rechts zu engagieren.

Den Kampf gegen die menschenverachtende Ideologie der Neonazis hatte sie eine Zeit lang mit grossem Einsatz geführt, ehe auch diese Flamme erlosch. Sie teile, teilte sie mir mit, natürlich immer noch die Ziele von damals, nur den Glauben an die gewählte Form des Kampfs habe sie mittlerweile verloren. Noch immer verfolge sie im Internet, was sich auf diesem Gebiet tut.

Dabei sei ihr vor einiger Zeit ein ebenso kluger wie engagierter Artikel einer gewissen Frau Rosengarten aufgefallen. Und sie habe ihn nun wiedergefunden. Ich las den Artikel auf dem Bildschirm und konnte Adelina nur beipflichten. Da nahm jemand sehr klar und überzeugend Stellung gegen das Wiederaufblühen des Nazi-Sumpfs und gegen alle Tendenzen, diese Entwicklung zu verharmlosen, und scheute sich dabei nicht, Ross und Reiter zu nennen. Auch nicht ihren eigenen Namen: Graziella Rosengarten.

Adelina und ich waren uns einig, dass ein solcher Artikel bei den Angesprochenen heftige Reaktionen auslösen musste. Aus ihrer antifaschistischen Zeit wusste sie, wie man in die geheimen Netz-Treffpunkte der rechten Szene reinkommt, und war schon dabei, nach diesen Reaktionen zu suchen.

Ich nutzte die Gelegenheit, um einem eigenen Einfall nachzugehen. In meinem Büchergestell fand ich rasch die vor einigen Wochen erworbene Autobiografie von Graziella Rosengarten. Darin fand sich tatsächlich ein Kapitel, in dem sie ihr Engagement gegen alle rechtsextremistischen Tendenzen beschreibt. Ich überflog es kurz. Sein Inhalt bestätigte, dass sich Graziella Rosengarten als engagierte Kämpferin profiliert hatte. Und damit sicher auch exponiert.

Adelina hatte mittlerweile diesen Verdacht bestätigt gefunden. In den einschlägigen Foren gab es wüste Beschimpfungen, deren Inhalt und Form auch dem wohlwollendsten Betrachter klarmachen mussten, dass es sich bei den Verfassern um brutale Dumpfbacken auf tiefstem Niveau handeln musste. Und bei den Beschimpfungen an die Adresse von Graziella Rosengarten war es nicht geblieben, es wurde ihr auch unverhohlen mit den schlimmsten Dingen gedroht, bis hin zur Warnung, man werde sie bei nächster Gelegenheit um die Ecke bringen. Hatte also jemand aus dieser Schmuddelecke seine Drohung wahr gemacht?

Ich schalt mich selbst einen Narren, weil ich nicht früher auf diesen Gedanken gekommen war. Ich hatte, wie ich Adelina jetzt beschämt gestehen musste, bei meiner damaligen Lektüre ihrer Autobiografie das Kapitel übersprungen und seine Existenz glatt vergessen. Adelina wollte die Gründe für dieses Verhalten wissen. Ich konnte ihr nicht mehr sagen, als dass ich manchmal einfach keine Lust habe, mich mit einem so unerfreulichen Thema wie Nazis und Neonazis zu beschäftigen, schon gar nicht in einem Buch, das sich ansonsten mit so erfreulichen Themen wie Gärten befasst.

Natürlich hätte ich, fügte ich an, wegen dieser Verweigerungshaltung ein schlechtes Gewissen, was das Verdrängen des ominösen Kapitels erklären würde. Ein guter Mensch muss sich gerade diesem Thema stellen und darf ihm nicht ausweichen. Das sehe ich ein, nur wird es mir manchmal zu viel, immer ein guter Mensch zu sein. Dazu kommt die Gnade des richtigen Geburtsorts. Wäre ich ein paar Kilometer weiter nördlich in Deutschland geboren, sähe die Sache für mich anders aus, das kann ich mir gut vorstellen.

Adelina nickte. Sie, die in Polen geboren und später in die Schweiz gekommen war, hatte noch den Blick von aussen, dem Dinge auffallen, die für Einheimische so selbstverständlich sind, dass man sie gar nicht mehr wahrnimmt. Passend zum Thema nannte Adelina die Bezeichnung für die Schweizer Fussball-Nationalmannschaft: Mit ihrem Drang zu Abkürzungen nennen die Schweizerinnen und Schweizer diese die «Nati», was ausgesprochen eher wie «Nazi» klingt und jeden Deutschen unweigerlich zusammenzucken lässt, wenn er es zum ersten Mal hört.

Wir waren etwas vom Thema abgekommen, wenn auch nicht viel. Es ging um die Frage, ob der Mörder von Rosenrot aus der rechtsextremen Ecke stammen konnte. Ein Motiv hatte ein solcher Mörder sehr wohl, jedenfalls in seiner abstrusen Logik. Es ging darum, einen Feind zu liquidieren. Und dass ihnen ein Menschenleben nichts wert ist, hatten diese Kreise vielfach gezeigt.

Adelina dachte eine Weile nach und meinte, ihre Intuition würde ihr sagen, dass der Täter nicht aus diesen Kreisen stamme. Solche Typen bringen Menschen um, ja, aber die Opfer sind immer kleine Leute, an die man leicht herankommt und deren Tod keine allzu grossen Wellen wirft. An jemanden heranzukommen, der wie Graziella Rosengarten eine gewisse Prominenz geniesst, ist schwieriger, und die Jagd nach den Tätern ist intensiver, als wenn das Opfer ein unbekannter Ausländer ist. Nein, meinte sie abschliessend, für eine solche Tat seien diese Typen einfach zu feige, das traue sie ihnen nicht zu.

Ich wandte schüchtern ein, vielleicht sei es für ein solches abschliessendes Urteil noch zu früh. Adelina erwiderte resolut, das werde man gleich sehen, und wandte sich wieder ihrem iPad zu. Auf die Frage, wonach sie suche, antwortete sie, dass in den abgeschotteten Internet-Foren der Rechtsextremisten längst ein grosses Triumphgeschrei ausgebrochen sein müsste, wenn die Tat tatsächlich auf die Kappe der eigenen Leute ginge. Davon war aber nichts zu finden. Es gab zwar, ekelerregend genug, einige unverhohlene Äusserungen von Genugtuung über den Tod einer engagierten Feindin, aber keinerlei Hinweise darauf, selbst für die Tat verantwortlich zu sein.

Ganz aufgeben wollte ich die Spur noch nicht, auch wenn sie im reichlich schmierigen Sand verlaufen war. Das lag auch daran, dass wir bislang keine erfolgversprechende alternative Spur hatten. In dieser Nacht würden wir sie nicht mehr finden, das wurde uns rasch klar. Ich warf noch ein Scheit aufs Feuer, um für Wärme zu sorgen. Dann legten wir uns, eng aneinandergeschmiegt, rücklings auf den Boden und blickten hinaus in die unendlichen Weiten des Alls, wo es keine Neonazis und keine Morde zu sehen gab. Nur die Milchstrasse, die sich wie ein breites glitzerndes Band quer über das Firmament spannte.

Von: info@aceraceae.biz
Betreff: Liegenschaftskauf
Datum: 3. Juli 14:37:08 MEZ
An: direktion@spross.com

Sehr geehrte Frau Spross Döbeli

Es tut mir aufrichtig leid, dass ich auch noch Ihre Familie in eine Angelegenheit hineinziehen musste, die wir längst zwischen uns hätten regeln können. Sie haben das nicht für opportun gehalten. Mir ist gar nichts anderes übrig geblieben, als Ihnen zu demonstrieren, dass ich neben vergleichsweise harmlosen Spässen durchaus in der Lage bin, Ihrem Ruf und dem Ihrer Firma ernsthaft zu schaden.
Zudem haben mir – verzeihen Sie bitte den Kalauer – Ihre Vorfahren aber auch einen Steilpass für meine Aktion geliefert. Ihr Grossonkel hat jahrelang den Fussballverein Grasshopper Club Zürich finanziert, und Ihr Vater sitzt nach wie vor im Verwaltungsrat von GC. Was lag da näher, als das Gerücht zu streuen, Heinz Spross, Ihr Vater, sei in einen der Wettskandale verwickelt, die seit einiger Zeit den Fussball heimsuchen? Natürlich weiss ich so gut wie Sie, dass an diesem Gerücht absolut nichts dran ist. Das wird sich eines Tages auch aufklären. Doch Sie wissen: Etwas bleibt immer hängen. Ein dunkler Fleck an der weissen Weste bleibt nach jedem falschen Gerücht. So funktioniert Rufmord.
Diesen kleinen Sturm werden Sie sicher überstehen. Bei ernsthafteren Rufschädigungen würde auch Ihr Geschäftsgang anfangen zu leiden. Und das wollen wir doch beide nicht.
Was ich will, wissen Sie.

Hochachtungsvoll
Aceraceae AG, Amanda Raggenbass

P.S. Als hoffnungsvolles Zeichen betrachte ich es, dass Sie bisher die Polizei nicht eingeschaltet haben. Bleiben Sie so klug …

Schneeweisschen

Die dunklen Zweige nickten so vertraut,
an meiner Wange flüsterte das Kraut,
unsichtbar duftete die Heiderose.
Annette von Droste-Hülshoff

Wir hatten an diesem Vormittag verpennt, und Adelina musste sich beeilen, dringende geschäftliche Angelegenheiten zu erledigen, was sie auch bei mir zu Hause tun konnte. Ich beschäftigte mich derweil mit diesem und jenem, wurde aber allmählich immer unruhiger. Das bemerkte auch Adelina und riet mir zu einem kleinen Fussmarsch, das helfe bekanntlich fast immer.

Ich gab ihr recht und zog los. Dabei merkte ich, wie es mich unwillkürlich zum nahen Tatort trieb. Ich beschloss, dem Hinweis zu folgen und noch einmal die Geschehnisse jener Nacht zu rekonstruieren. Vielleicht fiel mir dabei ja doch noch eine nützliche Erinnerung an den Täter ein. Diese Hoffnung hatte sich bisher nicht erfüllt. Ich konnte also ebenso gut der Spur des flüchtenden Mörders folgen und mich im Wald umsehen.

Der Wald hinter dem Hirschen sah, wenig überraschend, ganz anders aus als in der Nacht, in der ich Rosenrots Leiche gefunden hatte, was, wie ich zu meinem eigenen Erstaunen feststellen musste, erst vorgestern gewesen war. Damals wirkte der Wald, in den der flüchtende Mörder verschwunden war, düster, finster und abweisend. Jetzt dagegen, in der sommerlichen Klarheit eines hellen Spätvormittags, waren seine flirrenden Grün-, Grau- und Brauntöne eine einzige Einladung, ihn zu betreten.

Ich nahm diese Einladung gerne an. Zwar streife ich nicht mehr so oft quer durch die Wälder wie früher, doch ab und an reizt es mich noch immer, mich durch Busch und Stamm zu schlagen, weglos, einfach der Nase nach. Jetzt hatte ich zusätzlich einen guten Grund dazu.

Den Waldrand bildete eine Mischung aus Fichten, Föhren und Lärchen, Ahornen und Eschen. Dazwischen siedelte sich auch mal eine Stechpalme oder Vogelbeere an. Im Wald drin dominierten die Nadelbäume. Bald stiess ich auf eine offenbar erst vor wenigen Jahren ausgeholzte Lichtung, die von dichtem Brombeergestrüpp überwuchert war.

Vorsichtig, um mich nicht im Gestrüpp zu verfangen und mitten hineinzustolpern, ging ich am Rand der Lichtung entlang. Mitten hinein in die Brombeeren zu wanken, hatte ich einmal erlebt, und das reichte mir. Es war in der Toskana gewesen, wo die Brombeersträucher mannshoch wuchsen. Wie ich da hineingeraten war, ist eine andere Geschichte, jedenfalls litten meine nackten Arme und Beine ziemlich. Im Klartext: Ich blutete wie das berühmte Schwein. Dann geschah Erstaunliches: Meine Kratzwunden heilten in einem für meine Verhältnisse unheimlich schnellen Tempo. Mein bis dahin mangelhafter Appetit wuchs zu gesunden Ausmassen. Ich fühlte mich wie neugeboren. Und ahnte, dass das alles etwas mit der enormen Kraft der Brombeerpflanze zu tun hatte, mit der ich in ungewollt engen Kontakt gekommen war.

Seither nutze ich diese Erkenntnis und tanke bei jeder sich bietenden Gelegenheit die Brombeerenergie, wenngleich nur noch in homöopathischen Dosierungen, indem ich ganz vorsichtig meine Fingerspitzen an die Spitze von Dornen presse, um die Erinnerungen an die handfesteren Dornenkontakte zu wecken. Das funktioniert jedes Mal erstaunlich gut. Auch jetzt.

Als ich mich aus meiner gebückten Haltung wieder aufrichtete und hochblickte, sah ich in vielleicht zehn Meter Entfernung einen Fuchs, dessen leuchtende Fellfarbe mich sofort an Rosenrots Haar erinnerte. Der Fuchs schnüffelte an etwas herum, das ich nicht sehen konnte. Dann nahm er mich wahr und zog ohne Hast von dannen.

Ich trug diesmal zum Glück lange Hosen und konnte mich so problemlos in das Brombeergestrüpp hineinwagen, um festzustellen, woran der Fuchs geschnüffelt hatte. Bald erblickte ich etwas, was augenscheinlich nicht hierhergehörte. Es handelte sich um ein in eine giftgrüne, wasserdichte Hülle eingepacktes iPad.

Ich wusste ungefähr, wie man ein solches Ding bedient, und konnte deshalb zweierlei feststellen. Erstens funktionierte es noch, hatte also Sturz und Gewitterregen unbeschadet überstanden. Und zweitens handelte es sich unverkennbar um das iPad von Graziella Rosengarten. Der Mörder musste es bei seiner Flucht durch den Wald verloren haben.

Weiter kam ich nicht. Die Dateien waren irgendwie geschützt, da kam ich allein nicht ran. Der kurze Gang zur Fachfrau oben in meiner Hütte war naheliegend. Und weitete sich schnell zu einem rasenden Traben aus. So neugierig war ich zu erfahren, ob wir in Rosenrots Unterlagen Hinweise auf ihren Mörder finden würden.

Den Zugang zu den normalen Dateien von Graziella Rosengarten hackte Adelina rasend schnell. Die Dateien enthielten jede Menge Bilder von bereits gestalteten und dreidimensionale Modelle von erst entworfenen Gärten. Beim Durchblättern wurde uns erst richtig klar, was für eine begnadete Gartengestalterin diese Rosenrot gewesen war.

Und was für eine nachdenkliche. Das zeigte sich im Manuskript ihres geplanten Vortrags über «Gartenbau als Modell für die Unternehmensführung?», auf das wir ebenfalls stiessen. Graziella Rosengarten prangerte darin an, dass die gängigen Management-Modelle immer noch eine viel zu mechanistische Grundlage haben: Man drückt einen Hebel und erreicht so eine beabsichtigte Wirkung. Dabei beweist jeder Tag, dass dieses Modell nicht funktioniert. Dazu sind Unternehmen viel zu komplexe Gebilde.

Ja, man könnte vom Unternehmen auch als organischem Gebilde sprechen. Dafür gibt es ein Modell: den Garten. Das wiederum dem Management als Vorbild dienen könnte: der Unternehmensführer nicht als Mechaniker, sondern als Gärtner.

Gärtner können viel tun. Sie können die richtigen Pflanzen an geeigneten Standorten platzieren. Sie können durch Wässern und Düngen Wachstum fördern. Sie können Schädlinge fernhalten. Und Gärtner können Wachstum und Blühen auch behindern. Nur eines können sie nicht: befehlen. Das Gras wächst nicht schneller, wenn man an ihm zupft.

Die Rolle des Gärtners ist bescheidener als jene des Oberbefehlshabers. Dafür ist sie näher am wirklichen Leben und deshalb letzten Endes wirksamer. Unternehmensführer tun deshalb gut daran, sich verstärkt mit der Rolle des Gärtners zu identifizieren.

Das waren in etwa ihre Gedanken, die ich jederzeit unterschreiben würde. Wir hatten uns anlässlich unseres damaligen Gesprächs auch darüber unterhalten und uns gewundert, wie viel Mühe ein an sich so naheliegender Gedanke hat, sich in den Köpfen der Angesprochenen durchzusetzen. Adelina hatte von diesem Gedankenspiel noch nie etwas gehört, fand es aber auf Anhieb einleuchtend.

Hinweise auf etwas, das einen Datendiebstahl oder gar Mord auch nur im Entferntesten gerechtfertigt hätte, hatten wir bisher nicht gefunden. Dann stiess Adelina in einem Ordner namens «Privates», der viel administrativen Kram enthielt, auf einen Unterordner, der mit «Tagebuch» angeschrieben war. Als einziger von allen bisher durchsuchten Ordnern war dieser mit einem speziellen Passwort geschützt.

Und zwar so gut, dass er allen Zugriffsversuchen Adelinas trotzte. Bis ich einen Geistesblitz hatte und Adelina bat, es mal mit dem Passwort «Schneeweisschen» zu versuchen. Was auf Anhieb klappte.

Bevor wir uns der Lektüre des Tagebuchs widmen konnten, fragte Adelina, wie ich auf das Passwort gekommen sei. Wie bei vielen Geistesblitzen war ich erst im Nachhinein klüger. Erst jetzt erinnerte ich mich an jene Passage, in der Rosenrot in ihrer Autobiografie die Herkunft dieses Spitznamens erklärt und dabei auf die Vorliebe ihres Vaters für das Grimm-Märchen «Schneeweisschen und Rosenrot» verweist. Mein Unbewusstes hatte sich früher erinnert und war so auf Schneeweisschen gekommen.

Adelina kannte das Märchen nicht und wollte deshalb mindestens eine Kurzfassung. Man konnte ja nie wissen, ob es dieses Hintergrundwissen zum Verständnis von Rosenrots Tagebuch brauchte. Diese Kurzversion war in der Wikipedia rasch gefunden:

Eine Mutter hat zwei sehr liebe Töchter, Schneeweisschen und Rosenrot. Sie ähneln dem weissen und dem roten Rosenbäumchen in ihrem Garten. Schneeweisschen ist stiller als Rosenrot und öfter zu Hause. Den Mädchen droht im Wald keine Gefahr von den Tieren, und auch als sie direkt neben einem Abgrund schlafen, behütet sie ihr Schutzengel. Eines Winters sucht Abend für Abend ein Bär bei ihnen Obdach, und die Kinder, obwohl sie sich zuerst fürchten, fassen Zutrauen und spielen mit ihm, was dem Bären behagt. Wenn es ihm zu arg wird, brummt er: *«Lasst mich am Leben, ihr Kinder. Schneeweisschen, Rosenrot, schlägst dir den Freier tot.»*

Im Frühjahr muss der Bär wieder fort, um seine Schätze vor den Zwergen zu schützen. Am Türrahmen reisst er sein Fell. Schneeweisschen meint, Gold hervorschimmern zu sehen. Später treffen die Mädchen im Wald dreimal einen Zwerg, der mit seinem Bart an einem gefällten Baum, dann an einer Angelschnur festhängt, dann will ihn ein Greifvogel forttragen. Sie helfen ihm, doch er ist undankbar und schimpft, weil sie dabei seinen Bart und seinen Rock beschädigen. Beim vierten Treffen wird der Zwerg zornig, da ihn Schneeweisschen und Rosenrot vor einem ausgebreiteten Haufen Edelsteine überraschen. Der Bär kommt und erschlägt den Zwerg. Als sie den Bären erkennen, verwandelt er sich in einen Königssohn, dem, so erfahren sie, der Zwerg seine Schätze gestohlen und ihn verwünscht hatte. Schneeweisschen heiratet den Königssohn und Rosenrot dessen Bruder.

Nach diesen Vorbereitungen konnten wir uns endlich dem Tagebuch zuwenden. Mit rasch wachsender Neugier lasen wir Rosenrots Geständnisse:

Liebes Tagebuch

Nachdem ich in letzter Zeit zunehmend die Möglichkeit vermisst habe, jemandem mein Herz ausschütten zu können, habe ich beschlossen, dafür den Weg zu wählen, den sich sonst meist blutjunge Mädchen auswählen, wenn sie jemandem ihren ersten Liebeskummer anvertrauen wollen. Ich werde mich Dir, meiner fiktiven Partnerin, anvertrauen.
Sicher, solange ich gut drauf bin, habe ich keine Mühe, meine Gefühle zu äussern, und finde dafür immer dankbare Abnehmer. Damit hat sich leider das Bild verfestigt, ich sei immer bester Laune. Das stimmt natürlich nicht. Auch ich habe Kummer und Sorgen. Doch weil das niemand bei

mir vermutet, hört mir niemand zu, wenn ich ausnahmsweise damit anfange. Du, liebes Tagebuch, wirst mir zuhören.
Die Sache entbehrt nicht einer gewissen Komik. In dem Alter, in dem die meisten Menschen Tagebuch schreiben, also als junges Mädchen, hatte ich das nicht nötig. Es gab ja jemanden, dem ich alles erzählen konnte. Und die mir alles erzählen konnte. Ja, ich gestehe Dir jetzt etwas, was sonst niemand mehr weiss: Ich habe eine Schwester. Oder besser: Ich hatte eine Schwester.
In meinen autobiografischen Notizen habe ich diesen Umstand verschämt verschwiegen. Es gab nur einen winzigen Hinweis, den auf die Vorliebe meines Vaters für das Märchen «Schneeweisschen und Rosenrot». Diese Vorliebe kam nicht von ungefähr. Er hatte tatsächlich zwei Töchter, die von Aussehen und Charakter her haargenau ihren märchenhaften Vorbildern entsprachen.
Wie im Märchen waren wir beide gute Mädchen, waren Kinder, die ihren Eltern viel Freude machten. Und wie im Märchen waren wir unterschiedlich. Ich war das rothaarige Energiebündel, das gerne draussen herumtollte. Meine Schwester dagegen war aschblond, war eher still, in sich gekehrt und bevorzugte den Aufenthalt im Haus. Die Spitznamen Schneeweisschen für sie und Rosenrot für mich ergaben sich von selbst.
Wir wuchsen, tatsächlich von einem Schutzengel behütet, auf und wurden flügge. Ich studierte Gartenarchitektur, Schneeweisschen Innenarchitektur. Danach arbeiteten wir oft zusammen an denselben Projekten und ergänzten uns dabei so gut wie in den Kindertagen. Alles hätte so weiterlaufen können. Wir hätten wie im Märchen glücklich leben können bis ans Ende unserer Tage.
Wenn nicht eines Tages der Bär in unser Leben getrampelt wäre. Der Bär war ein manchmal etwas brummiger, ansonsten aber sehr charmanter junger Mann aus bestem Hause, was in seinem Fall auch einen soliden wirtschaftlichen Hintergrund einschloss. Kurzum, der Bär war steinreich und gebildet, sodass es kein Wunder war, dass sich meine Schwester und ich geschmeichelt fühlten, als er begann, uns den Hof zu machen.
Auch diese Geschichte endete wie im Märchen: Schneeweisschen würde den Bären heiraten, den sie damals noch für einen Prinzen hielt. Es gab nur einen Haken. Der vermeintliche Prinz hatte keinen Bruder, den ich heiraten konnte.
Deshalb beging ich den grössten Fehler meines bisherigen Lebens und

begann eine Affäre mit meinem künftigen Schwager. Eine reichlich enttäuschende übrigens. Nicht nur hatte er den Sex-Appeal eines alten Brummbärs. Er entpuppte sich auch zusehends als ungehobeltes, zotteliges Urviech. Die Rückverwandlung vom Prinzen zum Bären sozusagen. Als ich das endlich wahrhaben konnte und ihn rausschmiss, war es schon zu spät. Schneeweisschen war hinter unsere Affäre gekommen. Und rastete total aus. Sie beschuldigte mich des Verrats, womit sie ja nicht ganz unrecht hatte, und brach jeden Kontakt zu mir ab. All mein ehrlich gemeintes Flehen um Verzeihung prallte an ihr ab. In ihren Augen war ich gestorben.

Ihr heiliger Zorn entbehrte nicht einer gewissen Lächerlichkeit. Sie hing nämlich längst nicht mehr an ihrem Bären, hatte sie doch Zeit genug gehabt, dessen wahren Charakter kennenzulernen. Nur einer anderen gönnte sie ihn auch nicht, am wenigsten mir. Eine Zeit lang nach unserem Zerwürfnis lebte sie noch mit ihm in ihrem goldenen Käfig, im offiziellen Status der Verlobten. Dann war sie eines Tages einfach verschwunden. Nicht an irgendeinem Tag, sondern am Vorabend ihrer Hochzeit. Spurlos. Und nie wieder aufgetaucht. Einige Jahre darauf wurde sie auf Antrag ihres Beinahe-Ehemanns für verschollen erklärt.

Spekulationen um Schneeweisschens Verschwinden gab es reichlich. Der Bär selbst geriet in Verdacht, seine Verlobte umgebracht und verschwinden lassen zu haben, ehe er nachweisen konnte, dass er zum fraglichen Zeitpunkt geschäftlich auf einem anderen Kontinent unterwegs gewesen war. Hinweise auf ein Gewaltverbrechen fanden sich auch sonst keine, sodass man von einem freiwilligen Verschwinden ausgehen musste. Nach meinen Informationen glaubwürdig ist das Gerücht, sie habe dabei so viel bewegliches Vermögen ihres geplanten Ehemannes mitlaufen lassen, dass es gut für einen bequemen Neustart an irgendeinem schönen Ort auf dieser Welt gereicht hätte.

Auch ich habe seitdem nichts mehr von meiner Schwester gehört. Und seitdem plagen mich Schuldgefühle wegen meines möglichen Anteils an ihrem Ausflippen und Verschwinden. Doch das ist es gar nicht, was mich in diesem Zusammenhang akut plagt. Vielmehr beunruhigt mich ein in letzter Zeit immer wiederkehrendes Gefühl, Schneeweisschen sei in meiner Nähe und beobachte mich.

Ich weiss, liebes Tagebuch, dass dieses Gefühl jeder realen Grundlage entbehrt. Das macht es aber nicht weniger unheimlich und bedrohlich.

Wenn sich die Neurosen von Schneeweisschen so weiterentwickelt haben, wie ich es damals befürchten musste, ist ihr alles zuzutrauen. Auch ein spätes drängendes Bedürfnis nach Rache an mir.
Doch das alles ist jetzt über zwanzig Jahre her. Selbst wenn Schneeweisschen noch lebt, was ich bezweifle, müsste doch auch bei ihr mittlerweile Gras über die alten Verletzungen gewachsen sein. Wahrscheinlich sehe ich wirklich nur Gespenster.

***

Ich hatte Karl angerufen und gebeten, kurz zu uns hinaufzukommen, um ein wichtiges Beweisstück im Mordfall Rosengarten abzuholen. Nachdem er wieder zu Atem gekommen war und sich die Geschichte angehört hatte, schimpfte er zunächst, dass wir ein Beweisstück unterschlagen hätten, wofür er uns in ernsthafte Schwierigkeiten bringen könnte. Als ihm Adelina gezeigt hatte, was wir auf dem iPad schon alles gefunden hatten, beruhigte er sich wieder. Immerhin hatten wir seinem Team dank unserer Neugier ein ganzes Stück Arbeit abgenommen.

Die Existenz einer Schwester war auch für Karl neu. Er versprach, sich sofort darum zu kümmern, ehe er mit schweren Schritten hangabwärts zu seinem Auto stapfte, den iPad von Graziella Rosengarten unter den Arm geklemmt. Eine Stunde später rief er an, um zu berichten, die deutschen Behörden hätten Rosenrots Angaben bestätigt. Es gab tatsächlich eine Schwester, die vor über zwanzig Jahren verschwunden war und später für verschollen erklärt wurde. Danach fehlte auch in den behördlichen Akten jede Spur von ihr, der früheren Amanda Rosengarten.

Eine Schwester also, und vielleicht sogar eine böse und rachsüchtige. Das warf zwar ein neues Licht auf das Leben von Graziella Rosengarten, genannt Rosenrot, doch es trug wenig zur Erhellung ihres Todes bei. Eine seit zwei Jahrzehnten verschollene Schwester, von deren Wiederauftauchen nur die vagen Gefühle einer schuldgeplagten Frau zeugten, gab eine schlechte Tatverdächtige ab.

Nicht speziell hingewiesen hatten wir Karl auf den letzten kurzen Abschnitt von Rosenrots Tagebuch. Er würde ihn noch früh genug finden. Adelina hatte selbstverständlich den ganzen Text kopiert, sodass wir jetzt diese Passage im Wortlaut nachlesen konnten:

Heute mache ich mir Sorgen wegen meiner Partnerin Natalie Spross, die in der Zwischenzeit so etwas wie eine gute Freundin geworden ist. Sie wirkt schon eine ganze Weile angespannt und nervös. Manchmal hatte ich das vage Gefühl, sie hätte vor etwas Angst und fühlte sich bedroht, doch dann fand ich diese Wahrnehmung wieder selbst übertrieben.

Heute jedoch ist sie zur Gewissheit geworden. Natalie checkte in einer Gesprächspause ihre Mails auf dem Smartphone und wurde buchstäblich leichenblass. Ich habe besorgt nach dem Grund gefragt, doch sie ist mir ausgewichen und wollte ganz offensichtlich nicht darüber reden. Ich habe nicht weiter nachgebohrt, aber die Sorgen um sie bleiben. Bei nächster Gelegenheit werde ich sie darauf ansprechen.

Von: info@aceraceae.biz
Betreff: Liegenschaftskauf
Datum: 10. Juli 08:17:23 MEZ
An: direktion@spross.com

Sehr geehrte Frau Spross Döbeli

Ich gratuliere Ihnen zu Ihrem GartenForum! Die Mustergärten sind wirklich sehr schön und regen zu eigenen Gestaltungsideen an. Und dahinter diese riesige Baumschule, die eindrücklich zeigt, wie viele Gärten Sie zu füllen haben.
Ja, ich gebe zu, ich habe mich unerkannt unter die Gäste Ihres Festes von gestern Abend gemischt. Sie scheinen ja die Tradition des Netzwerkens, die Ihr Grossonkel zur Meisterschaft entwickelt hat, nahtlos fortzuführen. Wirklich erstaunlich, wer alles von den Leuten, die in Zürich was zu sagen haben, da war.
Sie haben aber auch ein wunderbares Fest organisiert. Den Gästen hat es bestens gefallen. Jedenfalls bis zu dem Moment, als die ersten anfangen mussten, die spärlichen Toiletten aufzusuchen.
Ich habe natürlich nichts gegessen und weiss deshalb nicht, wie es geschmeckt hat. Die Wirkung des von meinen Leuten beigemischten Pülverchens jedenfalls war grandios. Wie die lokalen Medien heute Morgen ausführlich berichten, sieht es in Ihrer Baumschule und im angrenzenden Waldstück aus wie – verzeihen Sie die drastische Formulierung, sie stammt nicht von mir – in einem Sch…haus. Und es riecht auch so.
Lebensmittelvergiftung am Spross-Fest – ich weiss nicht, ich weiss nicht. Kann schon sein, dass sich der eine oder andere betroffene Gast überlegt, ob er nächstes Jahr wiederkommt oder, was schlimmer wäre, ob er Ihnen den nächsten Auftrag gibt.
Was wäre wohl, wenn rund um Ihre Firma noch schlimmere Dinge geschähen? Das wollen wir doch beide vermeiden. Es liegt ganz an Ihnen.

Hochachtungsvoll
Aceraceae AG, Amanda Raggenbass

Gartenbau

Nicht der Abstand bestimmt die Entfernung.
In der Enge unseres heimatlichen Gartens
kann es mehr Verborgenes geben
als hinter der Chinesischen Mauer.
Antoine de Saint-Exupéry

Adelina war kaum zu bremsen. Sie habe immer geahnt, dass Spross noch mal ins Spiel kommen würde, jubelte sie. Wir hätten bloss zu kurz gedacht, als wir Spross als mögliche Täterschaft ausgeschlossen hätten. Jetzt gäbe es klare Hinweise darauf, dass das Unternehmen zu den Opfern gehöre, und dem müssten wir unbedingt nachgehen.

Ich musste ihre Begeisterung etwas dämpfen. Bisher hätten wir nur vage Hinweise auf eine mögliche Bedrohung von Spross, gab ich zu bedenken, und keine Ahnung von deren Inhalt oder Absender. Und schon gar nicht wüssten wir, ob das irgendwas mit der Ermordung von Graziella Rosengarten zu tun habe. Die alleinige Tatsache, dass diese mit Spross zusammengearbeitet hat, sei nicht tragfähig genug, um einen Zusammenhang zu konstruieren.

Das möge ja alles stimmen, entgegnete Adelina, die Spur sei alles andere als heiss, höchstens lauwarm. Doch da wir ansonsten gar keine Spuren hätten, oder höchstens kalte, sei es am klügsten, der warmen zu folgen. Oder ob ich lieber untätig herumsitzen wolle?

Ich beugte mich ihrer unwiderstehlichen weiblichen Logik. Nachdem klar war, dass wir uns mit Spross beschäftigen würden, ging es darum, wie wir das am besten anstellen sollten. Ich schlug der Einfachheit halber vor, die im Tagebuch erwähnte Frau Spross direkt mit dem einschlägigen Eintrag zu konfrontieren.

Adelina schalt mich einen alten Narren. Diese Frau Spross habe nicht mal ihrer angeblichen Freundin erzählt, warum sie verängstigt sei. Wie sollte sie da gegenüber zwei dahergelaufenen Privatschnüfflern, die auf zweifelhaftem Weg zum Tagebuch ihrer

Partnerin gekommen waren, mehr Offenheit an den Tag legen? Das leuchtete mir ein, und ich nahm mir die Freiheit, meinen Vorschlag zurückzuziehen. Ob sie eine bessere Idee habe?

Die Sache sei sonnenklar, sagte Adelina. Im Tagebucheintrag berichtete Graziella Rosengarten, Frau Spross sei beim Lesen eines Mails erbleicht. Somit gebe es nur eines: an ihre Mails heranzukommen.

Jetzt erbleichte ich. Mir war klar, was dieser Plan bedeutete. Auf sauberen und legalen Pfaden war er nicht zu verwirklichen. Ich hielt Adelina vor, sie hätte mir doch versprochen, keine Hacker-Einbrüche in fremde Computersysteme mehr zu machen. Das hätte sie auch nicht vor, antwortete sie mit einem Lächeln, das meine Einwände schon halb dahinschmelzen liess, aber man könne ein paar alte Freunde um Hilfe bitten, die weniger Skrupel und mehr Kenntnisse hätten als sie. Wenn man einen Blick durch eine von anderen geöffnete Tür werfe, sei das nicht verwerflich, oder?

Ich schluckte die Bemerkung runter, auch Anstiftung zu einer Straftat sei strafbar. Sie hätte mir vermutlich entgegnet, sie würde niemanden anstiften, sondern höchstens einladen, und gegen solche sophistischen Argumentationen hätte ich keinen Stich gehabt. Ich kannte Adelina nun schon eine ganze Weile und wusste deshalb, was das Glitzern in ihren Augen bedeutete. Sie war nicht mehr zu bremsen.

Ich fügte mich in das Unvermeidliche, gab ihr brummend meinen Segen und liess sie machen. Sie sandte ihre Botschaft an ihren alten Hacker-Freundeskreis und hatte bald einige Zusagen, man würde sich darum kümmern. Da auch Hacker nicht hexen können, wie Adelina erklärte, würde es sicher zwei, drei Stunden dauern, bis wir mit ersten Erfolgsmeldungen rechnen könnten.

Diese Wartezeit nutzten wir, um uns im Internet einen vertieften Eindruck von der Firma Spross zu verschaffen. Das Bild, das sich dabei entwickelte, war faszinierend und anziehend. Was sicher auch mit dem zusammenhängt, was das Unternehmen herstellt. Spross war und ist in erster Linie eine Gartenbaufirma, und will das auch bleiben.

Wir fanden bald heraus, dass die Realität etwas komplexer ist. In Wirklichkeit ist die Firma Spross eine Holding mit drei Unternehmensbereichen: Garten- und Landschaftsbau, Entsorgung und Immobilien. Selbst uns wirtschaftlichen Laien war klar, dass die Ertragsaussichten in diesen Bereichen ziemlich unterschiedlich sind. In der Tat hat der legendäre frühere Firmenpatron Werner H. Spross, der das Unternehmen erst zur Blüte gebracht hat, seinen von ihm gerne bezifferten Besitz in dreistelliger Millionenhöhe nicht in erster Linie mit Gartenbauarbeiten erworben, sondern durch clevere Immobiliengeschäfte und eine ebenso kluge Anlagestrategie an der Börse. Trotzdem ist er nicht als Immobilien- oder Börsengenie in die Geschichte eingegangen, sondern als «Gärtner der Nation».

Adelina fand, diese Selbstdarstellung sei eine Meisterleistung gewesen, deren Wert nicht hoch genug einzuschätzen sei: Gartenbauer wirken nun mal sympathisch. Zudem war die Wirkung nachhaltig. Bis heute, da das Unternehmen von der fünften Generation geführt wird, gilt Spross in erster Linie als Gartenbaufirma.

Ich stimmte ihr zu und fügte an, wie wirksam diese Strategie sei, sehe man an uns. Auch wir hätten das Unternehmen auf Anhieb sympathisch gefunden. Insofern könnte man die Strategie von Spross, sich als Gartenbaufirma zu positionieren, tatsächlich als Lehrbeispiel für Studenten von Marketing und Kommunikation verwenden.

Allerdings würde eine Übernahme dieser Strategie, fuhr ich fort, nicht funktionieren. Weil die Identität als Gartenbauer bei Spross eben nicht eine aufgesetzte Strategie sei, sondern echt. Selbst die heutige Chefin Natalie Spross versteht sich, obwohl sie eigentlich Betriebswirtschaft studiert hat, in ihrem Herzen als Gärtnerin. So wie ihr Grossonkel Werner H. sich immer als Gärtner verstanden hatte, bei allen Erfolgen auf anderen Gebieten. Es müsse also in dieser Familie so etwas wie ein vererbbares Gärtner-Gen geben, schloss ich.

Adelina wollte wissen, woher ich das wisse. Es ist schon ein paar Jahre her, als ich zusammen mit einem alten Bekannten einen Report über Familienunternehmen erstellte. Leonhard Top heisst er und war Gründer einer erfolgreichen Unternehmensberatung, die er später verkaufte, um sich ganz auf die Beratung von Familienunternehmen zu konzentrieren. Er hat mir damals von seiner Theorie der Existenz solcher Gene erzählt und Spross als Beispiel angeführt.

Dieser Leonhard Top hat mich angeregt, mich näher mit dem Thema Familienunternehmen zu beschäftigen, zu denen Spross ja eindeutig gehört. Ich erzählte Adelina, wie ich durch das Thema Nachhaltigkeit erneut auf Familienunternehmen gestossen war. Wenn man Nachhaltigkeit zunächst auf die elementare Dimension des längerfristigen Denkens und Handelns reduziert, findet man rasch heraus, dass der Prototyp eines nachhaltigen Unternehmens längst existiert: das Familienunternehmen.

Ehe ich zu längeren Ausschweifungen ansetzen konnte, unterbrach mich Adelina mit der Bemerkung, sie hätte längst kapiert: Familienunternehmen denken immer an die nächsten Generationen – und damit zwangsläufig nachhaltiger als von anonymen Managern geführte Unternehmen, die nur an den nächsten Quartalsgewinn denken. Besser hätte ich es nicht formulieren können.

Um doch noch einen Beitrag zur Erkenntnisgewinnung zu leisten, fügte ich hinzu, im Falle von Spross komme noch etwas dazu. Wer als Gartenbauer nicht zehn oder zwanzig Jahre vorausdenkt, hat seinen Beruf verfehlt. Ein Familienunternehmen im Gartenbau denkt also doppelt nachhaltig. Das leuchtet unmittelbar ein. Wenn sich Spross also als nachhaltiges Unternehmen profilieren will, wirkt das glaubwürdig.

Adelina hatte rasch herausgefunden, dass Spross dieses Potenzial bereits nutzte. Im Gartenbau wurden neu Erdsondenbohrungen zur Unterstützung der Nutzung nachhaltiger Energie angeboten. Bei der Entsorgung befasste sich Spross mit umweltoptimierten Abläufen der Baustellenentsorgung. Wohl fand sich im Internet kein spezielles Nachhaltigkeits-Reporting, doch das wäre für eine Firma mit einhundertsechzig Mitarbeitenden ja auch etwas viel verlangt. Adelina schloss messerscharf, man könne den Nachhaltigkeits-Behauptungen also nur glauben oder nicht. Sie neige zum Glauben, meiner Theorie zufolge wegen des doppelten Glaubwürdigkeitsbonus von Spross als gartenbauendem Familienunternehmen.

Mittlerweile spürten wir einen Anflug von Hunger, mussten aber feststellen, dass sich nichts Anmächeliges im Kühlschrank befand. Vor lauter Grübeln hatte ich glatt vergessen einzukaufen. Ich schlug vor, einen Spaziergang runter zum Hirschen zu machen und dort auf der Terrasse eine Käseschnitte oder so zu essen. Adelina war einverstanden, und wir machten uns auf den Weg. Die Tür sperrte ich nicht ab. Für zwei Stunden kann man sich das hier noch leisten, wir sind in einer heilen ländlichen Welt und weitab vom Schuss. Dachte ich.

Als wir losmarschierten, strich Grizzly durch meinen kleinen Garten, der leuchtend graue Kater, der eigentlich meinen Nachbarn gehört, aber mich – und längst auch Adelina – als Hauptzweibeiner adoptiert hat. Ich fragte mich, und dann Adelina, ob so eine Katze einen Unterschied zwischen dem Garten und dem direkt daran angrenzenden Waldrand vornehmen könne. Und schon hatten wir ein Gesprächsthema für die zehn Minuten Fussmarsch zum Hirschen.

Für Adelina war klar, dass Gärten wie meiner, die direkt an die Natur angrenzen, einen Sonderfall bilden. So wie Gärten auf dem Land generell etwas anderes sind als Gärten in der Stadt. Wenn jemand auf dem Land einen Garten anlegt, sucht er nicht in erster Linie Natur. Die findet er ja, mehr oder weniger gezähmt, in seiner unmittelbaren Umgebung reichlich. Er will sich mit dem Garten allenfalls einen speziellen Zusatzwunsch erfüllen, etwa jenen nach schönen Blumen, selbst gezogenem Gemüse oder einem gemütlichen Sitzplatz. In der Stadt dagegen, fuhr sie fort, ist der Garten immer in erster Linie Naturersatz. Man holt sich ein Stück von dem, was sonst weit weg ist, in unmittelbare Nähe.

Das fand ich grundsätzlich richtig, doch fragte ich mich und Adelina, ob man wirklich von Naturersatz sprechen könne. Viele stolze Gartenbesitzer und die meisten Gartenbauer würden sagen, es handle sich beim Garten um ein Stück Natur. Was sicher nicht falsch ist.

Wir passierten gerade das Grundstück von Anton, den wir seit unserem ersten Fall ganz gut kennengelernt hatten. Er hatte darauf zusammen mit seiner Frau ein zerfallenes Bauernhaus abgerissen und ein neues Haus gebaut. Auch der Garten darum herum wurde völlig neu gestaltet. Nur ein altehrwürdiger Ahornbaum blieb stehen.

Der Garten selbst war nicht spektakulär. Viele neue Büsche waren gepflanzt worden, dazwischen erstreckte sich Rasenfläche. Das Auffälligste war der Zaun zum Strässchen hin, der in erster Linie als Sichtschutz dienen sollte und deshalb aus dünnen geflochtenen Brettern bestand. Gegen die angrenzenden Wiesenflächen hin war der Garten mit einem einfachen Lattenzaun abgegrenzt. Den braucht es in dieser Gegend, weil sonst eine Invasion der direkt daneben grasenden Kühe im Garten unvermeidlich wäre.

Dieser Zaun brachte mich auf die Lösung unseres Dilemmas. Es ging beim Garten nicht um die Frage, ob Natur oder nicht. Es ging um die Abgrenzung zwischen zwei verschiedenen Arten von Natur. Der Garten verkörpert jenen Teil der Natur, der dem Wohle des Menschen dient. Darum muss man ihn abgrenzen vom anderen, wilderen und bedrohlicheren Teil der Natur.

Adelina, die Bibelfeste, blickte weit zurück bis zur Schöpfungsgeschichte, um den Faden fortzuspinnen. Das Urbild jedes Gartens, erklärte sie, sei ja der Garten Eden, das Paradies. Daraus wurden Adam und Eva in eine andere Natur vertrieben, in eine, in der man unter Schmerzen gebären und im Schweisse seines Angesichts Nahrung beschaffen muss. Jeder Garten erinnert an das verlorene Paradies. Gärten werden nicht ohne Grund gerne als Gartenparadiese angepriesen. Deshalb sind Gartenbauer und Gärtner so beliebt. Sie rekonstruieren für uns gleichsam den Garten Eden.

Leicht eingeschüchtert ob so viel Eloquenz wandte ich ein, das mit der Liebe zum Garten müsse nicht automatisch sein. Meine ersten Erinnerungen an Gärten aus Kindheit und Jugend sind keineswegs durchwegs positiv. Die vielen Stunden des Jätens, zu denen wir Kinder abkommandiert wurden, empfand ich eindeutig mehr als Pflicht denn als Kür, ich hätte mir spannendere und beglückendere Zeitvertreibe vorstellen können.

Adelina hakte nach und fand bestätigt, was sie schon vermutet hatte: Unser Garten war in erster Linie ein Gemüsegarten gewesen, aus dem sich die Familie so weit es ging selbst versorgte. Das, befand sie, sei eher eine Art Bonsai-Landwirtschaft gewesen, und damit alles andere als ein Wohlfühlgarten. Falls ich es noch nicht gemerkt hätte: Die Zeiten, in denen Gärten erzwungene Selbstversorgung bedeuteten, sind, wenigstens in unseren Breitengraden, längst vorbei.

Wie so oft, hatte sie recht. Manchmal merke ich einfach, dass meine Erinnerungen länger zurückreichen als ihre. Zurück in Zeiten, die mit der Gegenwart wenig bis gar nichts zu tun haben. Weshalb meine Gartenerinnerungen für das Philosophieren über die heutige Lust an Gärten von beschränkter Relevanz sind.

Wir näherten uns jetzt dem Hirschen und einigten uns auf eine gemeinsame Diagnose der zunehmenden Beliebtheit von, ja Liebe zu Gärten. Je mehr in den Städten die Entfremdung von der Natur, samt ihrer Rhythmen, zunimmt, desto stärker wächst das Bedürfnis nach jener Natur, die dem Menschen guttut. Indem sie ihm Schönheit und Harmonie schenkt, Ruhe und Verlangsamung, Wohlbefinden und Lebensqualität. All das kann ein Garten geben. Deshalb erfreuen sich Gärten zunehmender Beliebtheit.

Und damit auch Gartenbauer. Wer in einer Stadt wie Zürich das wachsende Bedürfnis nach Wohlfühloasen in Form eines Gartens auf hohem qualitativem Niveau befriedigt, wird fast zwangsläufig beliebt. Was die Erfolgsgeschichte von Spross erklären würde.

Nicht ganz, wie wir rasch feststellen mussten, als wir unser Gespräch auf der sonnenwarmen Terrasse des Hirschen fortsetzten. Von den günstigen Konstellationen und der wachsenden Nachfrage nach Gärten hätte jeder Gartenbauer profitieren können. Nur einer ist aber der grösste der Schweiz geworden. Nur einer hat eine solche Erfolgsgeschichte hingelegt wie Spross. Dafür musste es einen speziellen Grund geben.

Adelina fand, der sei nicht schwer zu erraten. Sie war bei ihren

Internet-Recherchen über Spross naturgemäss immer wieder auf jenen Mann gestossen, der das Unternehmen zu dem gemacht hat, was es heute ist: Werner H. Spross, den Gärtner der Nation. Allerdings hatte sie kaum vertiefendes Material über diese legendäre Figur gefunden und fragte mich, ob ich mehr wisse.

Sicher, ich habe in Zürich studiert, dort sogar ein paar wenige Jahre gelebt und danach immer grob verfolgt, was in dieser Stadt los war. So waren zwangsläufig einige Informationsfetzen über Werner H. Spross in meinem Hinterkopf abgelagert. Viel war es nicht. Selfmademan. Erfolgreicher Unternehmer. Schwerreich. Steckt Millionen in den Fussballclub GC.

Es wurde Zeit, den Hintergedanken zu realisieren, den ich beim Vorschlag, in den Hirschen zu gehen, gehabt hatte. Es gab eine vage Erinnerung in meinem Gehirn, wonach ich mich mal mit Walter, dem Hirschen-Wirt, über diesen Spross unterhalten hatte. Wenn ich mich nicht täuschte, hatte Walter damals im bewundernden Ton von Spross gesprochen, er mochte erfolgreiche Typen, die den Kontakt zum Volk behielten, ebenso wie ihre Ecken und Kanten.

Mir war auch, Walter habe damals erzählt, er habe sich die Autobiografie von Werner H. Spross besorgt, obwohl er kaum zum Lesen ganzer Bücher käme. Sicher war ich mir dieses Teils meiner Erinnerungen nicht, vielleicht war der Wunsch der Vater des Gedankens. Das Rätsel löste sich, indem ich Walter direkt nach dem Buch fragte, als er das nächste Mal nach seinen Gästen auf der Terrasse sah. Er hatte das Buch tatsächlich gekauft, er hatte es noch, und zum Glück auch in seiner kleinen Bibliothek im Hirschen selbst. Bereitwillig anerbot er sich, es für mich zu holen, oder besser für Adelina, wie er sich einen kleinen Flirtversuch nicht verkneifen konnte.

Bald hatten wir das schmale Buch in den Händen. Auf dem Titelblatt schaut einem ein ziemlich streng blickender älterer Herr direkt in die Augen. Neben seiner Stirn schwebt das Logo seiner Firma, ein goldenes Platanenblatt. Darüber prangt in derselben Farbe der Titel, der allein schon Bände spricht, wie Adelina fand: «Mein Weg nach ganz oben». Und für alle, die weder aus dem Titel noch aus dem Porträt schliessen können, wer da spricht, steht am unteren Bildrand ziemlich klein die Auflösung: Werner H. Spross. Gärtner der Nation.

Auf der Rückseite des Buchs fand sich eine Zusammenfassung seines Inhalts:

Vor 55 Jahren übernahm der in ärmlichen Verhältnissen aufgewachsene Werner H. Spross in Zürich von seinem Vater die überschuldete Gartenbaufirma mit sechs Angestellten, einem klapprigen Dreirad-Automobil und zwölf alten Holzkarretten. Vier Jahre später waren die Schulden abbezahlt, mit dreissig hatte Spross die erste Million auf der Seite. Heute ist der ‹Gärtner der Nation› in seinem Kerngeschäft die Nummer eins im Land und gemäss Einschätzung des Wirtschaftsmagazins ‹Bilanz› gegen eine halbe Milliarde Franken schwer, was, so Werner H. Spross, eher noch untertrieben sei.
Über seinen spektakulären Werdegang, seine schillernde Tellerwäscher-Karriere im Gartenbau, in der Immobilienbranche und im Finanzgeschäft ganz nach amerikanischem Vorbild, sein ganz und gar unschweizerisch offenes Verhältnis zum Geld und seinen eigenwilligen Führungs- und Managementstil erzählt Werner H. Spross in seinen Memoiren ebenso ungeschminkt, wie er über seine Freunde und Gegner in der Politik, der Bankenwelt und in ‹seinem› Grasshopper Club berichtet. Aufzeichnen liess Werner H. Spross seine Memoiren vom Zürcher Wirtschaftsjournalisten Karl Wild. Was ursprünglich als Geschenk zum fünfundsiebzigsten Geburtstag von Werner H. Spross an seine Freunde geplant war, gedieh zur hochspannend zu lesenden Biografie. Das Buch wurde nicht von Dritten recherchiert, sondern von der Hauptperson selbst in Ich-Form, mit Biss und ganz und gar ungefiltert erzählt. Sinn und Zweck dieses Buches ist es aber vor allem, junge Menschen anzuspornen, Unmögliches möglich zu machen.

Das Buch war im Jahr 2000 erschienen, als Werner H. Spross fünfundsiebzig Jahre alt war. Vier Jahre darauf starb er.

Ich überliess Adelina das Buch, damit sie ein bisschen darin lesen konnte. Mir selbst erschien das nicht erforderlich. Ein Blick auf das Inhaltsverzeichnis hatte mir genügt, um mir einen guten Eindruck von Charakter und Selbstbild dieses Mannes zu verschaffen:

1. *Die Armut*
2. *Die erste Million*
3. *Die goldenen Jahre*
4. *Ganz oben*
5. *Das Intermezzo in St. Moritz*
6. *Die wundersame Geldvermehrung*
7. *Die Jacht «Manana»*
8. *Politik aus dem Hintergrund*
9. *Ein Leben mit den Grasshoppers*
10. *Das Ende des GC-Trauerspiels*
11. *Das unverkrampfte Verhältnis zum Geld*
12. *Der Spross-Clan lebt*

Während Adelina weiterlas, sinnierte ich, dieser Spross sei wirklich eine aussergewöhnliche Figur gewesen. Gerade für Schweizer Verhältnisse. Hierzulande verfolgt man nämlich gerne das Spargelprinzip, wenn es um herausragende Persönlichkeiten geht: Wer den Kopf zu weit aus dem Sand streckt, dem wird er abgehauen. Manchmal aber schafft es ein Spargel, zur vollen in ihm steckenden Grösse auszuwachsen.

Werner H. Spross hatte zu diesen gehört. Eine bodenständige Intelligenz, gepaart mit Weitblick und Vernetzungstalent und unterstützt von einer aussergewöhnlichen Willenskraft und Selbstdisziplin, hatte ihm zu einer beispiellosen Karriere verholfen. Und natürlich das Glück, zur richtigen Zeit am richtigen Ort zu sein, nämlich in der boomenden Region Zürich zu den Zeiten einer goldenen Hochkonjunktur.

Wie zur Bestätigung blickte Adelina von ihrem Buch hoch und berichtete, sie habe gelesen, dieser Spross sei sein ganzes Arbeitsleben lang nie krank gewesen. Das sei sicher nicht nur sein eigenes Verdienst gewesen, kommentierte sie.

Diese Einschränkungen hinderten mich nicht daran, meinen inneren Hut vor dieser beeindruckenden Lebensleistung zu ziehen. Keiner hatte Spross an der Wiege gesungen, dass er eines Tages auf der eigenen Jacht Wirtschaftskapitäne und Politiker der obersten Klasse beherbergen würde. So was nötigt mir Respekt ab. Vielleicht auch, weil ich in mir selbst nie diesen unbändigen

Willen zum Erfolg verspürt habe. Wenn ihn jemand nicht nur hat, sondern auch umsetzt, fasziniert mich das.

Dazu habe ich eine Vorliebe für knorrige Typen mit Ecken und Kanten, für eigenwillige, ja eigensinnige Menschen mit schrulligen, ja skurrilen Seiten. Davon hatte Spross reichlich. Adelina, deren Interesse an Fussball in letzter Zeit gewachsen war, hatte in den Kapiteln über den Grasshopper Club ein hübsches Beispiel entdeckt: Weil ihm irgendwas nicht passte, ging Spross jahrzehntelang an kein einziges Fussballspiel seiner geliebten Mannschaft mehr, verpasste GC aber weiterhin saftige Finanzspritzen. Diese Inkonsequenz fand ich beeindruckend.

Bevor ich mich darüber weiter auslassen konnte, piepste Adelinas iPad, das sie natürlich mitgeschleppt hatte. Wobei bei diesen leichten Dingern von Schleppen ja keine Rede sein kann. Jedenfalls wusste sie zu vermelden, einer ihrer Kumpels hätte das Tor geöffnet. So gut kannte ich ihren Jargon schon, um zu verstehen, dass jemand in den Mailserver von Spross eingebrochen war. Was wiederum bedeutete, dass wir uns dort nach verdächtigen Mails umsehen konnten.

Wir verständigten uns wortlos darauf, dass wir das lieber zu Hause machen würden als auf der Hirschen-Terrasse, wo wir vor ungebetenen Zeugen nicht sicher waren. Wir zahlten und stapften hoch zu meinem Häuschen, selbst für unsere Verhältnisse schnell. Die Neugier trieb uns an.

***

Als Erstes fiel uns Grizzly auf, der vor der Haustür sass und kläglich miaute, was sonst gar nicht seine Art ist. Dann entdeckten wir, dass die Tür einen Spaltbreit auf war. Ich war mir sicher, dass ich sie ordentlich zugezogen hatte, als wir gingen. Der Wind wehte nur als Lüftchen, und dass Grizzly Türfallen anspringen und öffnen konnte, war uns, mindestens bis dahin, unbekannt.

Vorsichtig öffneten wir die Tür ganz und äugten hinein. Ich ging mutig voran und konnte nach kurzer Zeit Entwarnung geben: Ausser uns war niemand im Haus. Ein zweiter Kontrollgang zeigte, dass auf den ersten Blick nichts fehlte oder auffällig anders war.

Ein leise nagendes Gefühl, es sei während unserer Abwesenheit jemand im Haus gewesen, konnte ich dennoch nicht unterdrücken. Adelina, die in solchen Dingen sensibler ist als ich, bestätigte meinen Eindruck. Und auch, dass das kein gutes Gefühl ist.

Grizzly schlang sich abwechselnd um unsere Beine. Jetzt schnurrte er wieder, offenkundig beruhigt über die Anwesenheit der richtigen Hausherren. Zu dumm, dass er keine Auskunft darüber geben konnte, wer sonst noch da gewesen war.

Adelina entschärfte die gedrückte Atmosphäre mit einem kleinen Scherz. Für den Fall, dass wir die ganze Geschichte später zu einem Krimi verarbeiten wollten, hätte diese jetzt eine gute Wendung genommen. Endlich sei wenigstens ein bisschen von dem hineingekommen, was Krimi-Leser und -Lektoren wollen: Handlung. Action. Und nicht immer nur dumm rumsitzen, denken und reden.

Ich fand, ein Mord, der fast direkt vor meinen Augen stattgefunden hatte, sei eigentlich genug Action, und hatte gar nichts dagegen, einen Fall auf die ruhige Art zu lösen. Zudem fand ich ohnehin, das Wichtige im Leben spiele sich im Kopf ab, vom Sex bis zum Kriminalisieren. Bevor ich ihr jedoch mit diesen Einwänden den Spass am eigenen Scherz verderben konnte, fiel uns wieder ein, was wir wegen des vermuteten Einbruchs beide für einen Moment glatt vergessen hatten: Auf uns wartete die Mailbox von Spross.

Adelina war früher eine versierte Hackerin gewesen. Deshalb fiel es ihr nicht allzu schwer, in die Mailbox einzudringen. Dort wandte sie sich dann ganz der Suche nach auffälligen Mails zu. Ich liess sie machen. Erstens, weil ich so mein Gewissen damit beruhigen konnte, nicht direkt an einer illegalen Aktion teilzunehmen, und zweitens, weil sie so was einfach viel besser konnte.

Nach etwa einer Stunde schien sie auf etwas gestossen zu sein, wie ich ihrer aufgeregteren Art, auf den Tasten herumzuspielen, entnehmen konnte. Nach einer weiteren halben Stunde ging sie triumphierend zum Drucker.

Ich las die Ausdrucke und teilte ihre Ansicht. Der Fall war gelöst. Wenn auch keineswegs ausgestanden.

Von: info@aceraceae.biz
Betreff: Liegenschaftskauf
Datum: 17. Juli 11:55:55 MEZ
An: direktion@spross.com

Sehr geehrte Frau Spross Döbeli

Sie sehen, ich habe Ihren Entsorgungs-Bereich nicht vergessen, der gehört schliesslich auch zur Spross-Gruppe. Und Sie müssen zugeben, dass ich ihn sehr effektvoll ins Bild gesetzt habe.
Es gehörte natürlich zur Inszenierung, dass ich einem Fotografen einen Tipp gegeben habe, bevor ich die Polizei informierte. Nur so konnte ich sichergehen, dass heute in allen Zürcher Medien das Bild auftaucht. Eine offenkundig nackte Leiche, hübsch drapiert über den Rand einer Abfall-Mulde. Und auf der prangen unübersehbar das Platanenblatt und der Schriftzug von Spross.
Eine echte Leiche in einer Mulde von Spross: Das klingt nicht nur unappetitlich, das ist es auch. Dieser degoutante Eindruck wird hängen bleiben. Auch wenn sich bald herausstellen wird, dass es sich um eine Leiche handelt, die bei einem Bestattungsunternehmer entwendet worden ist. Ja, ja, die Macht des Bildes!
Jetzt ist bereits eine Leiche im Spiel. Sie können sich vorstellen, was der nächste Schritt sein wird. Es ist ein Spiel mit dem Feuer. Denken Sie daran: Ich trage Asbesthandschuhe. Sie nicht.

Hochachtungsvoll
Aceraceae AG, Amanda Raggenbass

Reise nach Zürich

Dumme rennen.
Kluge warten.
Weise gehen
in den Garten.
Rabindranath Tagore

Im Zug nach Zürich lasen wir zur Einstimmung auf die Person, die wir gleich persönlich kennenlernen würden, noch einmal jenen Auszug aus einem Artikel in der «Bilanz», der im Juni 2011 unter dem Generalthema «Die 300 Reichsten der Schweiz» erschienen war und sich speziell mit Töchtern von Familiendynastien befasste:

«Am Anfang war das Jäten. Nicht selten steht der Sohn noch so gerne zurück, überlässt seiner Schwester den Vortritt. So geschehen bei der Zürcher Spross-Gruppe. Werner Spross, der sich vom Gärtnerlehrling zum schweizweit grössten Gartenbauunternehmer hochschaufelte, hatte keine Kinder. Also band der «Gärtner der Nation» 1998 seine Neffen Heinz und Jürg Spross in die operative Führung ein. Als Werner Spross 2004 verstarb, war die Nachfolge gesichert. Heinz Spross ist Mehrheitsaktionär und Delegierter des Verwaltungsrats; Jürg dagegen stieg bereits 2003 im Krach mit seinem Onkel aus.

Zusammen mit Heinz Spross in der Geschäftsleitung sitzt seine Tochter Natalie Spross Döbeli. Für sie ist der Betrieb seit Kindsbeinen Teil ihres Lebens; schon als Teenie ging sie in der Baumschule jäten, später kamen administrative Arbeiten dazu. ‹Ich habe mein Wirtschaftsstudium bewusst in Zürich und nicht in St. Gallen gemacht. Denn ich wollte nebenbei im Unternehmen mitarbeiten›, erinnert sie sich. Nach dem Studium und einem Zwischenspiel bei der Bodenbelagsfirma Forbo ging sie mit ihrem Mann, einem Elektroingenieur, auf eine Weltreise. Der Tod ihres Grossonkels bewog sie, früher als geplant, Anfang 2005, endgültig bei Spross einzusteigen. Sie läutete beim traditionellen Unternehmen einen Kulturwandel ein und positionierte die Gesellschaft als Dienstleister. In den drei Bereichen Garten- und Landschaftsbau, Muldenservice und Entsorgung sowie Immobilien erwirtschaften einhundertsechzig Mitarbeiter einen Umsatz von rund siebzig Millionen Franken.

Die Nachfolgeregelung steht bereits fest: Die Dreiunddreissigjährige wird von ihrem Vater die operative Leitung übernehmen. Nicht in Betracht dafür kam ihr Bruder Marcel Spross (36), gelernter Landwirt mit KV-Abschluss. Bereits als Vierzehnjähriger hatte er verkündet, er wolle die Firma dereinst auf keinen Fall führen. ‹Mein Bruder hat mit administrativen Aufgaben nichts am Hut, viel lieber arbeitet er draussen›, sagt Natalie Spross. Und so ist er beim Familienunternehmen für den Gartenbau zuständig. Zu Reibereien komme es zwischen ihnen nicht. ‹Wir sind höchst unterschiedlich, doch wir haben es gut zusammen›, meint die Schwester.

Die Vizechefin hat eine zweijährige Tochter. ‹Die Doppelrolle ist organisatorisch eine Herausforderung›, meint sie lachend. Im Schnitt arbeitet sie drei Tage im Unternehmen. Ist sie nicht im Betrieb, ‹telefoniere ich täglich mindestens zwei- oder dreimal mit meinem Vater›. Ihn erlebt sie als ‹höchst angenehmen Chef›, auch wenn manchmal die Emotionen hochkochen. Sie ist froh, dass er immer noch in der Firma ist; sein Netzwerk und seine Erfahrung seien Gold wert. Dennoch freut sich Natalie Spross auf die Übergangsphase, ‹wo ich laufend mehr Verantwortung übernehme und meinen Vater als Sparringspartner habe›. Der Patron wird im Oktober nächsten Jahres fünfundsechzig Jahre alt; Ende 2012 will er sich definitiv aufs Präsidium zurückziehen.»

Das war mittlerweile geschehen, Natalie Spross Döbeli hatte die Geschäftsleitung übernommen. Und erwartete uns jetzt am Hauptsitz der Firma in Zürich an der Burstwiesenstrasse. Das Gebäude verschwand fast unter seiner Bepflanzung aus Eiben, Föhren, Buchs und Thuja. Im Eingangsbereich bildeten Rhododendren einen grünen Korridor, unterbrochen von auffälligen gläsernen Kugellampen. Überragt wurde das Ganze von einer mächtigen, anscheinend uralten Föhre. Über dem Eingang waren das Platanenblatt-Logo und der Schriftzug von Spross nicht zu übersehen, wegen ihrer Grösse und wegen des Farbkontrasts zwischen goldgelbem Vordergrund und grasgrünem Hintergrund. Nein, sich zu verstecken hatte nicht zum Verhaltensspektrum des alten Spross gehört, und seine Nachfolger und Nachfolgerinnen schienen daran nichts ändern zu wollen.

Jetzt allerdings sah Frau Spross so aus, als ob sie sich gerne versteckt hätte. Sie empfing uns im Sitzungszimmer des Verwaltungsgebäudes, das, wie Adelina später registrierte, in einem gediegen-bescheidenen Stil eingerichtet war. Zu ihrer Rechten sass Theresa Andermatt, von Frau Spross als ihre rechte Hand und guter Geist vorgestellt. Sie war es gewesen, die am frühen Vormittag den Anruf von Adelina ohne langes Zögern zu Natalie Spross durchgeleitet und danach den schnellstmöglichen Termin mit uns vereinbart hatte.

Adelina und ich hatten daraus geschlossen, dass Frau Andermatt eingeweiht sein musste. Deshalb hatte sie sofort erkannt, dass das erste Mail, auf das wir gestossen waren und das wir noch in derselben Nacht an Spross geschickt hatten, echt war. Adelina hatte gleich am anderen Morgen angerufen, von Frau zu Frau sozusagen. Tatsächlich gelang es ihr, mit einer geschickten Mischung aus klarer Strenge und feinem Einfühlungsvermögen, Frau Spross davon zu überzeugen, es spiele keine Rolle, woher wir unsere Informationen hätten, wichtig sei jetzt nur, dass sie, Frau Spross, ernsthaft bedroht sei und deshalb unsere Hilfe brauchen könne.

Natalie Spross selbst war es gewesen, die daraufhin ein persönliches Treffen vorgeschlagen hatte. Ich war ihr dankbar dafür, denn so nützliche Erfindungen Telefon und E-Mail auch sind, so wenig können sie beim Austausch über gewisse Themen das persönliche Gespräch ersetzen. Zum Beispiel, wenn es um Erpressung und mehr geht.

Die beiden Frauen, die uns gegenübersassen, wussten, dass wir die Erpresser-Mails kannten. Es gab also keinen Grund, lange um den heissen Brei herumzureden. Frau Andermatt bestätigte den Eingang von insgesamt sieben Mails. Sie waren im Abstand von jeweils genau einer Woche eingetroffen, immer am Mittwoch. Und jedes Mail hatte sich, abgesehen vom ersten, auf ein

Ereignis oder eine Aktion vom Vortag bezogen. Wir hatten sie alle ausgedruckt vor uns liegen.

Bevor ich die beiden bat, mehr über diese Aktionen und ihre Auswirkungen zu erzählen, fragte ich sie, ob es weitere Mitwisser gebe. Sie verneinten. Ausser ihnen beiden, jetzt uns, und natürlich dem Erpresser, der Erpresserin oder den Erpressern wusste niemand von den Mails. Auch die Polizei war bisher nicht eingeweiht worden.

Die Gründe dafür erläuterte Natalie Spross glaubhaft. Zunächst hatte sie immer noch an einen schlechten Scherz geglaubt. Danach hatte sie, gefördert durch bestimmte Drohungen, schlicht Angst gehabt. Wer auch immer hinter den Mails steckte, wusste offenbar gut Bescheid. Die Wahrscheinlichkeit, dass er oder sie es erfahren hätte, wenn sie sich an die Polizei gewandt hätte, war deshalb gross.

Und dass dann das, was ihr noch lieber war als die Firma, nämlich ihre Kinder, ernsthaft bedroht gewesen wäre, war in dem einen Mail mehr als bloss angedeutet worden. Adelina wandte besorgt ein, das sei seit dem letzten Mail auch jetzt der Fall, und erfuhr zu unserer beider Beruhigung, die Kinder seien sofort nach der ersten Drohung an einem sicheren versteckten Ort untergebracht worden.

Sie wisse, fuhr sie fort, dass das nichts daran ändere, dass der Gang zur Polizei überfällig geworden sei. Sie werde das gleich nachholen. Erst einmal aber sei sie froh, jemand Aussenstehendem die ganze Geschichte zusammenhängend erzählen zu können.

Ich muss gestehen, dass ich über dieses Bedürfnis nicht unfroh war. Wenn die Polizei erst nach uns die ganze Geschichte erfuhr, gab uns das einen gewissen Vorsprung, was uns wiederum die Chance offenliess, doch noch an die ausgesetzte Belohnung zu kommen. Sofort verscheuchte ich diese unkeuschen Gedanken und wandte meine Aufmerksamkeit ganz der Erzählung von Natalie Spross zu.

Zusammenhängend war der Anfang der Erzählung nicht ganz. Manchmal stockte ihr Redefluss, und immer wieder sah man ihr die mit den Erinnerungen verknüpften Gefühle an. Sie stand offensichtlich immer noch unter dem Schock der jüngsten Ereignisse.

Und sie fühlte sich, wie sie gleich zu Beginn gestand, schuldig am Tod ihrer Partnerin, die, wie auch sie betonte, in kurzer Zeit zur Freundin geworden war. Als Adelina ihr erzählen konnte, Graziella Rosengarten habe in ihrem letzten Tagebucheintrag das gleiche Gefühl für sie beschrieben, freute sich Natalie Spross sichtlich und wischte sich verstohlen eine Träne aus dem Auge.

Sie sah in diesem Moment mitgenommen aus. Nicht weiter verwunderlich für den, der wusste, warum. Dann straffte sich ihre Gestalt wieder. Das Leben kehrte in ihre Augen zurück. Ein Spross vom Stamme der Spross lässt sich nicht so leicht unterkriegen. Entschlossen griff sie zum Papierhäufchen der Erpresser-Mails und erzählte weiter.

Dass jemand, der mit Immobilien Geld verdienen will, sein Augenmerk auf das im ersten Mail eingeforderte Grundstück an der Karpatenstrasse richtete, war verständlich. Das zusammenhängende grosse Grundstück umfasste mehrere Mietshäuser und etliche Gewerberäume. Noch lag es in einer wenig attraktiven und eher heruntergekommenen Gegend, was die Renditemöglichkeiten entsprechend einschränkte.

Mit der Betonung auf noch, wie Natalie Spross erklärte. Mittlerweile war nämlich eines der blühendsten und boomendsten Trend-Viertel Zürichs nahe herangewachsen, und es war eine Frage der Zeit, bis auch dieses Quartier blühen und boomen würde. Mit allen Auswirkungen auf Grundstückspreise und Profitmöglichkeiten. Solche Entwicklungen einer Stadt lassen sich nun mal nicht aufhalten. Es sei immer die Philosophie ihres Grossonkels gewesen, die darin steckenden Potenziale zu nutzen, indem man sie früher erkennt als andere. Wobei, fügte sie hinzu, der alte Spross es sicher weit von sich gewiesen hätte, in diesem Zusammenhang von Philosophie zu sprechen, er hätte das einfach als gesunden Menschenverstand bezeichnet.

Wie auch immer dem sei, fuhr sie fort, wer in diesem Fall diese Philosophie beherzige und jetzt zu einem vergleichsweise günstigen Preis kaufe, dem winkten Millionengewinne. Satte Millionengewinne. Nur sei es so, leider aus der Sicht der Interessenten, dass Spross solche Grundstücke grundsätzlich nicht verkaufe, wenn es nicht unbedingt sein müsse.

Dass es jemand wagen würde, gegen diesen ehernen Grundsatz mit einem Ramm-Stein vorzugehen, hatte Natalie Spross Döbeli nicht geglaubt. Nicht nach dem ersten Mail. Und auch nicht nach dem zweiten. Adelina kam mir zuvor und fragte nach, ob sie richtig gehört habe, ob sie von Rammstein gesprochen habe.

Natalie Spross bejahte und erklärte, sie hätte selbst mal eine Rammstein-Phase gehabt. Als im ersten Mail aus einem Song von Rammstein zitiert wurde, hatte sich der Zusammenhang in ihrem Kopf festgesetzt. Nach und nach war ein inneres Bild entstanden von einem Ramm-Stein, der jedes Mal mit grösserer Wucht gegen die Festungsmauer knallt.

Am Anfang hatte es diesen bedrohlichen inneren Film noch nicht gegeben. Auch als sie der Leiter der Baumschule eines frühen Morgens aufgeregt anrief und von den Brandschäden in der Buchsbaumplantage berichtete, ging sie noch von einem Streich dummer Jungen aus. Der Schaden war überschaubar, es ging nur um wenige Meter Büsche, die man schnell ersetzen konnte, sodass schon beim Eintreffen der ersten Besucher keine Spuren des kleinen Anschlags mehr sichtbar waren. Der Leiter der Baumschule hatte bei Nachfragen bestätigt, dass weder er noch sonst jemand in den zusammenhängenden Brandlöchern den Buchstaben K wahrgenommen hatte, da konnte die anonyme Mail-Schreiberin behaupten, was sie wollte.

Gravierender war der eine Woche später erfolgte Diebstahl der Sprosse. Nach dieser Aktion und dem darauf folgenden Mail waren Natalie Spross und Theresa Andermatt, die zu diesem Zeitpunkt schon Mitwisserin war, ernsthaft beunruhigt. Zunächst darüber, dass es eine undichte Stelle geben musste, die das gut gehütete Firmengeheimnis verraten hatte. Dann wegen des Verlusts von kostbaren, ja unersetzlichen Sprossen. Und schliesslich wegen der unverhohlenen Drohung gegen die leibhaftigen Sprosse von Spross am Schluss des Mails.

Als ich nachfragte, ob es sich bei der gestohlenen Neuzüchtung um eine Mischung aus Platane und Ahorn gehandelt habe, kam Natalie Spross richtig ins Schwärmen. Ja, der Platahorn, wie der neue Baum heissen sollte, war schon der Traum ihres Grossonkels gewesen. Ein Baum von der Robustheit einer Platane, die ihn zum idealen Stadt- und Strassenbaum macht, und von der Schönheit des Ahorns, die in den glühenden Laubfarben eines Indian Summers gipfelt, was im Herbst ganze Plätze und Strassenzüge in ungesehenem Glanz erstrahlen lässt – das war sein Traum.

Und weil einer wie der alte Spross keine Träume hat, sondern Visionen, ging er flugs ans Werk. Er weihte ein kleines Trüppchen enger Vertrauter ein und räumte ihnen gelegentlich eine Randstunde ein, um das Projekt in kleinen Schritten voranzutreiben. Dabei machte er klare Vorgaben. So sollten die Früchte des Platahorns nicht den stacheligen Dingern der Platane gleichen, sondern mehr den elegant geflügelten Samen des Ahorns.

Werner H. Spross war klug genug, das reichlich utopisch erscheinende Projekt nicht an die grosse Glocke zu hängen und so seinen Ruf als geerdeter Pragmatiker nicht zu gefährden, und hielt es bis zu seinem Ableben geheim. Wenn auch nicht vor seinen Nachfolgern. Diese köchelten es auf kleinem Feuer im kleinsten Kreis weiter. Jetzt, nach vielen Jahren emsigen Forschens und Pröbelns, war der Durchbruch endlich gelungen. Nach vielen Einkreuzungen gab es den Baum mit den gewünschten Eigenschaften. Und er liess sich vermehren, wie die Reihe von Platahorn-Sprossen eindrücklich bewies.

Der Diebstahl dieser Sprossen war für Spross ein herber Verlust, wie das Mail richtigerweise behauptete. Zum einen, weil die Frucht jahrzehntelanger liebevoller Bemühungen einfach weg war. Und zum anderen, weil in der Züchtung des Platahorns tatsächlich ein enormes finanzielles Potenzial steckte. Diesen Baum wird man dem Züchter aus den Händen reissen, und weil niemand anderes ihn anbieten kann, sind die Preise nach oben ziemlich flexibel.

Bei diesem Teil ihrer Erzählung wirkte Natalie Spross besonders traurig. Bei der Schilderung der rosigen Zukunftsaussichten des Platahorns spürte man ihren Frust über die entgangenen Perspektiven. Das fiel Adelina auf. Sie sprach Frau Spross darauf an und fragte, ob sie daran glaube, die geklauten Sprosse nach der erfolgreichen Erpressung zurückzubekommen.

Die Angesprochene verneinte. Sie wirkte dabei beinahe wie eine Mutter, die ein verlorenes Kind betrauert. Leider, meinte sie, sei die Sicherheits-Kultur bei Spross nicht besonders gut entwickelt. Sie sah dabei Adelina an, die ihr mittlerweile gebeichtet hatte, wie wir zu den Erpresser-Mails gekommen waren. Niemand habe damit gerechnet, auch sie nicht, je zum Ziel solcher übler Angriffe zu werden.

In diesem Punkt hatten die Erpresser, wie wir zur allgemeinen Betrübnis feststellten, volle Wirkung erzielt. Ebenso beim nächsten. Unter dem Gerücht, Heinz Spross, ihr Vater, sei in einen Wettskandal verwickelt, hatte nicht nur dessen Ruf gelitten, sondern auch jener der Firma. Immerhin war er Verwaltungsratspräsident der Spross-Gruppe – und er sass gleichzeitig im Verwaltungsrat von GC. Vom Alten wusste man, dass ein Spross alles für seinen geliebten Fussballclub tut, buchstäblich alles. Warum also nicht mal in die Trickkiste greifen, um dem Verein dringend benötigte Zusatzeinnahmen zu verschaffen?

So ein Gerücht, klagte Natalie Spross, habe leider immer eine Wirkung, vor allem wenn es eine halbwegs plausible Grundlage enthalte. Die Wirkung war beim Geschäftsgang noch nicht sichtbar geworden, doch die scheelen Blicke, die sie da und dort erntete, sagten ihr, dass sich das bald ändern könnte. Das Gerücht liess sich mit noch so glaubhaften Dementis nicht mehr aus der Welt schaffen. Es sei denn, fügte sie hinzu, wir könnten glaubhaft nachweisen, dass es sich bei seiner Verbreitung um die ruchlose Tat von Erpressern handelte. Doch davon waren wir noch weit entfernt.

Effektiv rufschädigend war die unappetitliche Geschichte mit den Durchfallerregern am Spross-Fest gewesen. Die Geschichte stank buchstäblich zum Himmel. Die bei den GC-Gerüchten noch zurückhaltenden lokalen und regionalen Medien stürzten sich darauf und wurden nicht müde, Festteilnehmer vor Notizblöcke, Mikrofone und Kameras zu schleifen und ihnen entrüstete Statements zu entlocken. Natürlich, lautete der Tenor, könne so etwas theoretisch jedem passieren, aber dass ausgerechnet eine so seriöse Firma wie Spross in diesen Lebensmittelskandal verwickelt sei, wäre doch erstaunlich, um nicht zu sagen empörend.

Natalie Spross konnte in ihren Medienverlautbarungen noch so sehr darauf hinweisen, die beauftragte Catering-Firma genösse einen hervorragenden Ruf und hätte nie Anlass zu den leisesten

Klagen oder Zweifeln gegeben, die üblen Gerüchte und Gerüche waren freigesetzt und liessen sich nicht mehr einfangen.

Spätestens jetzt hatten Natalie Spross und ihre rechte Hand richtig Angst. Eine Aktion wie die Vergiftung aller Partyhäppchen erfolgreich durchzuziehen, erforderte Macht und Einfluss. Man hatte es mit einem starken Gegner zu tun, der seine Nadelstiche gezielt, geschickt und mit wachsender Wirkung einsetzte. Doch jemand wie der Spross-Clan lässt sich nicht erpressen. Das stand für sie unverrückbar fest.

Dieser Grundsatz geriet ernsthaft ins Wanken, als die Bilder von der gestohlenen Leiche in der Spross-Mulde auftauchten. Bisher war bei den Aktionen der Erpresser niemandem ernsthaft etwas geschehen, und der Leiche war ihre Ortsverschiebung vermutlich egal. Nicht aber den Angehörigen des Verstorbenen. Und überhaupt, fand Natalie Spross, war hier eine Grenze überschritten worden. So was tat man einfach nicht. Auch nicht für das beste Geschäft.

Die Täter jedoch kümmerten sich offensichtlich nicht darum, was man tut und was nicht. Und sie hatten damit Erfolg, in ihrem perversen Sinne. Die Spekulationen um einen Fluch, der angeblich auf Spross liegt, wallten hoch. Die besorgten Anrufe von Kunden und anderen Geschäftspartnern häuften sich. Am schlimmsten war, dass auch die treue Belegschaft sich zu fragen begann, ob sie noch am richtigen Ort arbeite.

Und dann das. Natalie Spross litt sichtlich immer noch unter der radikalen Erschütterung ihres Welt- und Menschenbildes. Nie im Leben hätte sie sich vorstellen können, dass jemand fähig ist, einen anderen Menschen umzubringen, bloss um dem Ruf einer Firma zu schaden und damit in den Besitz eines begehrten Grundstücks zu kommen. Nie, nie.

Ich äusserte mein Mitgefühl, konnte mir aber die Bemerkung nicht verkneifen, da sehe man mal wieder, wie weit es die Menschheit gebracht habe. Manche Menschen wie die unbekannten Erpresser könnten offenbar den Hals nicht vollkriegen. Dass diese Bemerkung weder tröstend noch im geringsten Masse der Situation angemessen war, merkte ich leider erst, als sie meinem Mund schon entflohen war.

Von: info@aceraceae.biz
Betreff: Liegenschaftskauf
Datum: 24. Juli 04:16:06 MEZ
An: direktion@spross.com

Sehr geehrte Frau Spross Döbeli

Sie wollten es nicht anders. Sie haben offenbar bis vor Kurzem an der Ernsthaftigkeit meines Anliegens gezweifelt, und an der Konsequenz, mit der ich meinen Weg zu gehen pflege.
Nun wissen Sie es besser und haben hoffentlich erkannt, dass ich bereit bin, buchstäblich über Leichen zu gehen – bitte entschuldigen Sie das etwas platte Bild. Was nichts an den harten Fakten ändert.
Um Ihre Partnerin, die verehrte Frau Graziella Rosengarten, tut es mir leid. Sie hatte Potenzial, auch wenn mir ihre linken Ansichten nie passten. Sie ist zum unschuldigen Opfer geworden, zu einer Figur auf meinem Schachbrett, die ich opfern musste, um die Partie zu gewinnen. Und zudem war sie nicht ganz unschuldig, gehörte sie doch einer Rasse an, die nie ganz unschuldig ist.
Wie dem auch sei. Die Fakten sind geschaffen und sprechen für sich. Wenn unsere einzige einheimische Boulevardzeitung heute schon titelt «Fluch über Spross?», sagt das alles. Um Ihre Neugier zu befriedigen: Natürlich hatte der «Blick» die Informationen über die verbrannten Buchsbäume und die gestohlenen Sprossen indirekt von mir, und die Vergiftung sowie die Leiche in der Spross-Mulde waren ohnehin noch präsent. Jetzt, wo Ihre vielversprechende Partnerin umgebracht worden ist, werden Sie es ohnehin noch einige Zeit in die Schlagzeilen schaffen. Wenn auch, leider, leider, in negativem Zusammenhang.
Nur für den äusserst unwahrscheinlichen Fall, dass Sie noch immer nicht überzeugt sind: Erinnern Sie sich bitte an den Hinweis auf die doppelte Bedeutung von Spross am Schluss meines Mails vom 26. Juni. Mehr gibt es derzeit meinerseits nicht zu sagen.

Hochachtungsvoll
Aceraceae AG, Amanda Raggenbass

Des Gartens Zier und duftende Geister

Willst Du für eine Stunde glücklich sein,
so betrinke Dich.
Willst Du für drei Tage glücklich sein,
so heirate.
Willst Du für acht Tage glücklich sein,
so schlachte ein Schwein
und gib ein Festessen.
Willst Du aber
ein Leben lang glücklich sein,
so schaffe Dir einen Garten.
Japanische Weisheit

Die anwesenden Damen nahmen mir meine Gedankenlosigkeit nicht übel. Nur Adelina murmelte etwas vor sich hin, das wie «Männer!» klang. Ich hatte mir die Lektion hinter die Ohren geschrieben: Eine Bemerkung kann deplatziert wirken, auch wenn sie sachlich richtig ist.

Natalie Spross schien es gutgetan zu haben, die ganze Geschichte erzählen zu können. Sie war jetzt bereit, die Erpressungsgeschichte bei der Polizei anzuzeigen. Um es ihr zu ermöglichen, gleich am richtigen Ort vorzusprechen, rief ich Karl an, um ihn danach zu fragen. Er konnte mir nicht nur den richtigen Ort nennen, sondern auch die richtige Person, die er von gemeinsam besuchten Fortbildungskursen her sogar kenne und als kompetent und vertrauenswürdig einschätze. In der kleinen Schweiz, bemerkte er abschliessend, kenne man sich halt, auch in Polizeikreisen und selbst über Kantonsgrenzen hinweg.

Ich bat Karl und danach Frau Spross, der zuständigen Zürcher Polizei nichts von unserem Gespräch zu erzählen. Karl war klug genug, nicht danach zu fragen, warum wir überhaupt bei Frau Spross sassen. Er wusste, dass er darauf keine befriedigende Antwort erhalten hätte. Frau Spross hatte uns den Einbruch in ihren Mailserver bereits verziehen, es war ja niemandem geschadet worden, und die zweifelhafte Aktion hatte dazu gedient, ein Verbrechen aufzuklären. Oder jedenfalls seiner Aufklärung näherzukommen.

Deshalb hatte sie Verständnis dafür, dass wir wegen dieser Aktion nicht bei der Polizei angeschwärzt werden wollten. Für eine glaubwürdige Geschichte brauche es unseren Anteil gar nicht, weshalb sie ihn ebenso gut weglassen könne. Wir waren erleichtert und bedankten uns bei ihr, ehe wir uns verabschiedeten.

Was sie jetzt zu tun gedenke, fragte Adelina noch. Was wir ihr raten würden, fragte Natalie Spross zurück. Adelina und ich hatten diese Frage auf unserer Zugfahrt nach Zürich schon diskutiert und waren zum einhelligen Schluss gekommen, jetzt gebe es nur eines: der Erpressung nachgeben. Wenn auch nur zum Schein. So weit reichte unser rudimentäres juristisches Wissen: Ein Vertrag, der unter erpresserischen Umständen zustande gekommen war, konnte nicht gültig bleiben.

Wenn man die Erpressung beweisen konnte. Dafür gab es nur den einen Weg, auf die Forderungen der Erpresser zum Schein einzugehen. Wie dieser Weg dann weiterführen würde, wussten wir noch nicht. Fest stand nur, dass wir anderswie nie dahinterkommen würden, wer hinter dieser Erpressung stand. Unsere Recherchen hatten ebenso wie diejenigen von Spross selbst ergeben, dass eine Firma namens *Aceraceae AG* nirgendwo existierte. Und eine Amanda Raggenbass gab es zwar, aber die kam für eine solche Erpressung wirklich nicht in Frage. Es handelte sich um eine schwerreiche, sehr zurückgezogene Dame, von der man nicht viel mehr wusste, als dass sie grosse Summen für die Förderung von kulturellen und philanthropischen Werken ausgab. Indem sie sich ausgerechnet den Namen einer hochangesehenen Wohltäterin von untadeligem Ruf ausliehen, hatten sich die Erpresser einen wirklich üblen Scherz geleistet.

Nur wenn ein realer Käufer auftauchte, hatten wir eine Chance, zu den Hintermännern zu kommen. Natalie Spross stimmte uns zu. Sie wollte aber noch die Empfehlung der Polizei abwarten, ehe sie das erwartete Signal an die Erpresser abschickte. Beim Hinausbegleiten fragte sie, ob wir wüssten, was Aceraceae bedeute. Ich wusste es nicht, Adelina mit ihrer heimlichen Vorliebe für Gärten jedoch schon. Es handelt sich um den Gattungsnamen für alle Ahorne. So wie Platanaceae die Bezeichnung für die Familie der Platanengewächse ist. Platanus heisst die Baufirma der Spross-Gruppe in Anspielung auf den Wappenbaum von Spross, die Platane. Enthielt der Verweis auf das Ahornblatt, mit dem das Logo-Blatt von Spross oft verwechselt wird und das im fiktiven Firmennamen der Erpresser auftaucht, die Botschaft, man wolle sich im Immobiliengeschäft zum ernsthaften Konkurrenten von Spross aufschwingen? Und steckte hinter der Erpressung wirklich eine Frau, oder war das nur ein Ablenkungsmanöver? Noch immer hatten wir mehr Fragen als Antworten.

Wir hatten Frau Spross versprochen, noch eine Weile in der Nähe zu bleiben, für den Fall, dass sie uns noch brauche. Adelina schlug vor, wir könnten uns das GartenForum von Spross ansehen. Damit blieben wir auch geistig in der Nähe der beklagenswerten Frau Spross. Zudem könne ein schöner Garten aufgewühlte Gemüter beruhigen und sorgenvolle Gedanken trösten.

Von beidem hatten wir genug, wie wir auf der Fahrt per Tram und Bus hinauf zu einem anderen Ende von Zürich, nach Binz, feststellen mussten. Tatsächlich war die Bedrohung ja keineswegs ausgestanden. Bisher hatten die Erpresser im Wochenabstand eine Aktion gestartet. Immer am Dienstag. Heute war schon Freitag. Und die Drohung, den Kindern etwas anzutun, stand im Raum. Die Rede von deren sicherem Aufenthaltsort in Gottes Ohr, doch was hiess bei diesem Gegner, der schon mehrfach seine Macht unter Beweis gestellt hatte, schon sicher?

Wir konnten nur hoffen, die Erpresser würden ihre Aktionen unterbrechen, wenn sie das verlangte Signal rechtzeitig bekämen. Falls dafür überhaupt noch Zeit war. Der Anruf von Natalie Spross, der kurz vor dem Erreichen unseres Ziels eintraf, vermochte uns in dieser Hinsicht zu beruhigen. Die Polizei hatte ihr zum gleichen Vorgehen geraten wie wir. Und ihr Netzwerk hatte funktioniert. Der «Tages-Anzeiger» würde sie am Samstag interviewen und das Gespräch am Montag prominent platzieren.

Dass sie in diesem Interview ihre grundsätzliche Verkaufsbereitschaft signalisieren konnte, war geregelt.

Es gab also keinen Grund mehr zur unmittelbaren Sorge. Allerdings auch keine unmittelbare Möglichkeit, den Hintermännern der Erpressung, und damit dem Mörder von Rosenrot, auf die Schliche zu kommen. Zudem hatte jetzt eine uns unbekannte Polizei das Heft in die Hand genommen, was unsere Spielräume für eigene Ermittlungen drastisch einschränkte. Ein wenig fühlten wir uns auf unserer Reise nach Zürich wie auf der Reise nach Jerusalem. Man hatte uns den letzten Stuhl unter dem Hintern hervorgezogen und uns zum Dasein als aus dem Spiel ausgeschiedene Zuschauer verdammt.

Das konnten wir, zumindest im Moment, nicht ändern. Zur Ablenkung kamen uns die Schaugärten des GartenForums gerade recht. Zunächst wollten wir jedoch den Schauplatz des ersten Anschlags besichtigen, die Baumschule, die direkt an die Schaugärten angrenzt. Einen Zugang dazu hatten wir auf dem Prospekt, den wir am Hauptsitz mitgenommen hatten, schon entdeckt und nahmen deshalb den dazugehörigen Eingang.

Der erste Eindruck war überwältigend. Vor uns wogte ein Hunderte von Metern langes Meer aus unterschiedlichsten Grüntönen, das sich bei näherem Zusehen als Vielfalt von Ansammlungen jeweils gleicher Baum- und Strauchsorten entpuppte. Manche dieser Ansammlungen sahen aus, als wären sie nach strengen geometrischen Regeln angeordnet, es hätten auch Lager von industriellen Gütern aus Metall oder Kunststoff sein können. Wenn da nicht diese überwältigenden Sinneseindrücke gewesen wären, die unmissverständlich klarmachten, dass wir uns inmitten von lebendigen Geschöpfen befanden, dieser Gesang der Vögel, diese Duftsymphonie, diese Eindrücke beim Betasten von Stämmen und Blättern.

Besonders faszinierend empfand ich das Bild, das die Scharen der zum Abtransport bereitgestellten ganzen Bäume abgaben. Dutzende davon standen halb und lagen halb in einem Winkel von ziemlich genau fünfundvierzig Grad parallel neben- und hintereinander, die Stämme ein interessantes geometrisches Muster bildend, die Wurzelballen eingehüllt in alte Jutesäcke, auf denen die Namen von Kaffee- oder Kakaomarken standen. Eine in der Nähe arbeitende Gärtnerin bestätigte uns, dass diese Säcke direkt aus grossen Seehäfen wie etwa Hamburg bezogen werden.

Im GartenForum gab es insgesamt sieben verschiedene Schaugärten zu bewundern. Mir fiel dazu eine Zeile aus Wagners Oper «Parzival» ein, die Rosenrot in unserem Gespräch erwähnt hatte: «Des Gartens Zier und duftende Geister». Ja, Wagnerianerin war sie auch gewesen.

Wir suchten uns beide unseren Lieblingsgarten aus und lasen uns die dazugehörigen Texte aus dem Prospekt vor. Adelina entschied sich für den Wassergarten, zu dem dies geschrieben stand:

«Wasser ist ein Lebenselixier, ist Spiegelfläche von Mensch und Umgebung, dient als Reflexionsfläche und ist eine Quelle der Entspannung und inneren Ruhe. Wasser wirkt belebend als auch beruhigend und kann Tiefgründigkeit assoziieren. Immer aber ist es ein Element für abwechselnde Inszenierungen und eine stimmungsvolle Atmosphäre.»

Ich selbst wählte den Kieferngarten und las Adelina vor:

«Die Kiefer ist eine schlichte Schönheit mit zähem Überlebenswillen und gibt dem Garten Charakter und Struktur. Typisch sind ihre sehr variablen Kronen. Das Individuelle jeder einzelnen Kiefer kommt daher am besten bei freiem Stand zum Tragen. Malerisch geben sich die Kiefern auch im Winter, wenn sie mit Schnee bedeckt sind.»

Von Frau Spross hörten wir an diesem Nachmittag nichts mehr und konnten deshalb beruhigt nach Hause fahren. Über das Wochenende würde sich nichts Neues ergeben. Wir konnten also tun, was wir beide jetzt gut gebrauchen konnten: ausspannen und faulenzen.

Handänderung

Unkraut ist alles,
was nach dem Jäten wieder wächst.
Mark Twain

Für den Sonntagnachmittag hatte Karl Abderhalden seinen Besuch angesagt. Er wollte sich mit uns abseits der Bürohektik über die vorhandenen Erkenntnisse im Mordfall Rosengarten austauschen. Als Polizeichef von Appenzell Ausserrhoden blieb er dafür zuständig, auch wenn die Kollegen in Zürich im Erpressungsfall Spross ermittelten. Da es höchst wahrscheinlich war, dass die beiden Fälle zusammenhingen, hatten die beiden Dienststellen eine enge Zusammenarbeit vereinbart. Und spätestens seit ich das iPad von Rosenrot im Wald gefunden hatte, blieben wir in seinen Augen ohnehin im Spiel.

Es war heiss und schwül. Karl schwitzte heftig, als er nach dem Anstieg zu unserem Häuschen oben ankam. Er sollte mal wieder was für seine Fitness tun, meinte er als Erstes. Ich schlug vor, wir könnten unsere Besprechung auch auf einem Spaziergang abhalten, eine Geh-Konferenz statt einer Steh-Konferenz sozusagen, doch er winkte ab und wollte sein Training lieber auf später verschieben. So setzten wir uns in den Garten.

Karl hatte einen jungen Mitarbeiter bei sich, dessen Namen ich mir nicht merken konnte, was mir leider immer öfter passiert, vor allem, wenn es sich um kompliziertere Namen handelt. Dieser junge Mann habe sich, so Karl, in letzter Zeit vermehrt mit Wirtschaftskriminalistik beschäftigt. Wirkliche Spezialisten dafür könne sich die kleine Appenzeller Kantonspolizei nicht leisten, aber beim jetzigen Stand des Falls würden seine Kenntnisse hoffentlich ausreichen.

Über den Erpressungsfall Spross war Karl dank seiner Zürcher Kollegen in groben Zügen informiert. Wir ergänzten seinen Kenntnisstand mit einigen Details, die wir im Gespräch mit Natalie Spross und ihrer rechten Hand erfahren hatten.

Wie wir zu diesem Kontakt gekommen waren, wollte er zu unserem Glück nicht so genau wissen, vielleicht hinderte ihn die Anwesenheit seines Mitarbeiters, uns damit blosszustellen. Für den Fall war es nicht mehr wichtig. Die Polizei hatte die Erpresser-Mails von Spross erhalten, womit sie jetzt offizielle Beweismittel waren. Dass wir sie schon vorher kannten, spielte keine Rolle mehr.

Wie angesichts des raffinierten Vorgehens der Erpresser nicht anders zu erwarten war, hatte die Rückverfolgung dieser Mails nichts gebracht, der Absender blieb anonym. Der Firmen- und der Personenname des Absenders oder der Absenderin waren eindeutig fiktiv und liessen keine Schlüsse auf die wahre Identität zu. Auch Karl war deshalb der Ansicht, dass nichts anderes übrig bleibe, als zum Schein auf die Forderung einzugehen.

Die mitfühlende Adelina konnte sich vorstellen, dass das Frau Spross nicht leichtfallen würde. Wer auch immer ihr Gegner war, bei dem man jetzt schon eher von einem Feind sprechen musste, hatte ihrem Unternehmen bereits beträchtlich geschadet und sollte jetzt dafür auch noch belohnt werden. Das zu schlucken, sei sicher nicht einfach, wenn man wie Natalie Spross in einer Familien-Kultur verwurzelt ist, in der Erfolg Lohn für harte Arbeit ist und nicht für verbrecherische Machenschaften.

Karl hatte uns die Sonntagszeitungen mitgebracht, und darin wurde der angerichtete Schaden für den Ruf von Spross deutlich sichtbar. Aufhänger waren natürlich der Mord an Graziella Rosengarten und deren Verbindungen zu Spross. Auch die anderen Ereignisse, die Leiche in der Spross-Mulde, die Vergiftung am Spross-Fest und die üblen Gerüchte über Heinz Spross, wurden genüsslich ausgebreitet. Sogar die Geschichte mit den verbrannten Buchsbäumen war ausgekommen, da musste jemand geplaudert haben. Nur das mit den gestohlenen Sprossen von Platahorn blieb geheim.

Von einem Spross-Fluch sprach zwar nur eine Zeitung, doch alle spekulierten, dass jemand der Firma Spross offenkundig Böses wolle. Ob dahinter ein frustrierter Mitarbeiter stand? Oder ein unzufriedener Kunde? Alles blieb im Vagen, niemand hatte Substanzielles anzubieten, doch eines war klar: Für den Ruf von

Spross bedeuteten all diese Informationen und Spekulationen nichts Gutes.

Diesem Treiben musste unbedingt Einhalt geboten werden. Nur wie? In Krimis ist die Lösung in solchen Fällen ganz einfach: Man geht auf die Forderung des Erpressers ein, bringt das Geld zu einem verabredeten Ort – und dort schnappt die Polizei den Erpresser, wenn er die Beute an sich nimmt. Ungefähr so hatten Adelina und ich uns das auch in diesem Fall vorgestellt.

Der junge Wirtschaftskriminalist an Karls Seite holte uns schnell von dieser Illusion runter. Er erinnerte uns daran, dass unser Erpresser kein Geld wollte. Vielmehr wolle er ein Grundstück, und zwar nicht mal geschenkt. Er wollte es offenbar regulär kaufen. Ob das überhaupt unter den Tatbestand der Erpressung falle, sei nicht mal klar, vielleicht sei es auch nur Nötigung.

Das sei, fuhr er fort, momentan allerdings unerheblich. Wichtig sei nur, dass es keine Geldübergabe geben werde, an der man den Täter einfach schnappen könne.

Vielleicht war es die Hitze, die mein Gehirn träge in seine Flüssigkeit schnappen liess und meine Denkvorgänge verlangsamte. Jedenfalls war ich eindeutig begriffsstutzig. Es sei doch in unserem Fall viel einfacher. Man könne den Täter einfach verhaften, wenn er ins Büro des Notars spaziere, um den Kaufvertrag zu unterzeichnen.

Selbst Karl, der auch nicht viel von Wirtschaft und Finanzen verstand, musste lachen. Adelina, die durch ihre berufliche Tätigkeit im IT-Sicherheitsbereich in manche Abgründe geblickt hatte, schalt mich unverblümt einen Naivling. Der junge Mann erklärte, wie die Sache aller Voraussicht nach ablaufen würde.

Das Kaufangebot unterbreiten und die Verhandlungen führen wird ein Zürcher Anwalt oder Treuhänder. Er wird sich als Bevollmächtigter einer Schweizerischen Aktiengesellschaft vorstellen, die sich mit Finanzgeschäften aller Art befasst. Einziger Verwaltungsrat und zugleich Geschäftsführer dieser AG ist besagter Anwalt oder Treuhänder.

Rechtlich und finanziell ist alles in Ordnung, der Bevollmächtigte wird die entsprechenden Dokumente und Bankbescheinigungen vorlegen. Da es sich beim Käufer um ein Schweizer

Unternehmen handelt, gibt es auch keine Probleme wegen der Einschränkungen von Immobilienkäufen durch Ausländer.

Wenn die Polizei diesen Bevollmächtigten verhört und nach den Hintermännern der Käuferfirma fragt, wird er wahrheitsgemäss aussagen, er kenne diese nicht. Die AG gebe nur Inhaberaktien aus, und die gehörten bekanntlich dem, der sie besitzt, ohne dass die Besitzer irgendwo namentlich registriert sein müssen. Man habe es immer nur mit einem bevollmächtigten Anwalt zu tun.

Entrüstet von sich weisen wird er den Vorwurf, der Kauf sei durch Erpressung zustande gekommen. Von irgendwelchen Erpresser-Mails oder gar bösen Aktionen wird er nichts wissen wollen – und vermutlich stimmt das auch. Warum sollte jemand, der so raffiniert vorgeht, einem vorgeschobenen Strohmann mehr Wissen zumuten, als diesem guttut?

Jetzt hatte ich kapiert. Der eigentliche Erpresser schickte einen Strohmann vor. Den konnte man nicht verhaften, weil alles ganz legal ablief und weil dieser von den erpresserischen Hintergründen vermutlich gar nichts wusste. Aber konnte uns dieser Strohmann nicht doch wie in jedem anständigen Krimi zu seinen Hintermännern und Auftraggebern führen, wenn wir es nur geschickt genug anstellten?

Ich hatte zu wenig darauf geachtet, im Schatten zu sitzen, und deshalb vermutlich einen kleinen Sonnenstich. Jedenfalls torkelten in meinem Kopf allerlei Bilder davon, wie wir das heldenhaft bewerkstelligen würden. Wenn die Polizei mit ihren Mitteln nicht weiterwusste, würden Adelina und ich das Zepter in die Hand nehmen. Wenn nötig, würden wir unseren Gegner mit dessen eigenen Waffen schlagen. Erpresst du uns, erpressen wir dich.

Ich sah uns auf geheimer Mission. Adelina tritt im Büro des Treuhänders als mögliche Kundin auf, die eine Menge Geld von nicht ganz zweifelsfreier Herkunft anlegen möchte. Beim Gespräch setzt sie ihre weiblichen Reize ein, um den Treuhänder abzulenken und einen ersten Augenschein zu nehmen. Dann trete ich draussen im Flur auf und rufe mit einer autoritären Offiziersstimme, die ich an mir gar nicht kenne, etwas von Feueralarm.

Das klingt so überzeugend, dass alle, auch der Treuhänder, nach draussen stürzen.

Jetzt kann Adelina sich in Ruhe umsehen. Auf dem privaten Tablet-Computer des Treuhänders wird sie fündig: Kinderpornografie. Ha! Jetzt haben wir ihn. Damit können wir ihn zwingen, mit seinem Wissen über die Hintermänner herauszurücken. Das tut er denn auch, winselnd vor Angst um seine Karriere.

Ich begann, meinen Tagtraum öffentlich auszubreiten, doch der junge Mann winkte nur müde ab. An so was sollten wir nicht mal denken. Denn selbst gesetzt den Fall, ein derart abenteuerliches Vorgehen hätte Erfolg, und der Bevollmächtigte wüsste tatsächlich mehr, als er uns unter normalen Umständen sagen würde, hülfe uns das gar nicht weiter.

Im besten Falle wüsste der Strohmann mehr über die wahren Besitzer der von ihm vertretenen Schweizer Aktiengesellschaft. Dabei handle es sich höchstwahrscheinlich nicht um Privatpersonen, sondern um eine andere Firma. Diese Firma wiederum ist ebenfalls im Besitz eines anderen Unternehmens. Und so fort. Man kann solche Schachtelkonstruktionen ziemlich weit treiben.

Firmen, setzte der junge Mann seine Erläuterungen fort, sind anonyme Gebilde. Besonders dann, wenn sie an Orten angesiedelt sind, die diese Anonymität nach Kräften fördern. Wie lange Zeit die Schweiz. Und bis heute manche englische Kanalinsel. Oder der amerikanische Bundesstaat Delaware. Von manchen Kleinstaaten in der schönen Karibik ganz abgesehen.

Wenn man also die wahren Besitzverhältnisse eines Unternehmens, auch eines schweizerischen, wirksam verbergen will, schachtelt man einfach ein paar Firmen übereinander und versteckt sie in einem dieser Steuerparadiese. Oder in mehreren. Und am Schluss dieser Konstruktion steht möglicherweise eine Firma auf den Cook Islands.

Davon hatte ich noch nie gehört. Auch Adelina nicht. Der junge Mann gab bereitwillig Auskunft. Die Cook Islands sind ein kleiner Inselstaat im Südpazifik. Die Einwohnerzahl beträgt knapp zwanzigtausend, also etwa so viel wie in Appenzell Innerrhoden. Im Gegensatz zu diesem Kanton seien die Cook

Islands aber das, was die Innerrhödler auch gerne wären, nämlich ein unabhängiger Staat.

Wenn auch in einer freien Assoziierung mit Neuseeland, das die Aussenpolitik übernimmt. Wirtschaftspolitisch sind sie autonom. Das haben sie genutzt, um zu einem Offshore-Paradies zu werden.

Das mit dem Paradies könne man durchaus wörtlich nehmen. Er selbst sei auf einer Weltreise dort vorbeigekommen, und nach seinem Dafürhalten handle es sich um eine der schönsten Inselgruppen der Welt. Könne er nur empfehlen, auch wenn es sich, zugegeben, um eine ziemlich weit entfernte Gegend handle.

Ob diese abgelegene Lage nicht hinderlich sei für die Rolle als Firmensitz, wollte ich wissen. Adelina übernahm für den jungen Mann die Antwort. Sie war natürlich schon wieder im Netz unterwegs gewesen. Beim Internet-Lexikon Wikipedia hatte sie das herausgefunden, was wir schon wussten. Allerdings stand dort zu ihrem Erstaunen unter dem Stichwort «Wirtschaft» zwar einiges über die dortigen landwirtschaftlichen Anbauprodukte, jedoch kein Wort über ein Steuerparadies. Da hatte jemand den Wikipedia-Eintrag wirksam kontrolliert.

Adelina hatte bei Google nach «Cook Islands Offshore» gesucht und war fündig geworden. Eine Firma für «Cook Islands Offshore-Firmengründungen» beschrieb unverblümt, worum es ging:

«Die Offshore-Firma ist die ideale Rechtsform, wenn Sie Wert auf Anonymität und Diskretion legen, keinerlei Geschäftsinformationen ausforschbar sein sollen und Sie dabei Haftungsschutz und Steuerbefreiung geniessen wollen. Selbstverständlich legal und gesetzeskonform.»

Und weiter unten wurde klar, dass man keineswegs ans andere Ende der Welt reisen muss, um dort eine Firma zu gründen:

«Sie können Ihre Offshore-Firma ganz bequem online über unsere Webseite bestellen. Die Gründung einer Offshore-Firma auf den Cook Islands dauert zehn bis vierzehn Tage. Die Offshore-Firma wird mit Ihrem Wunschnamen registriert. Die Abwicklung ist dabei denkbar einfach.»

Jetzt waren wir zwar in Sachen Cook Islands klüger, nicht aber, was unsere Pläne betraf. Der Wirtschaftskriminalist bestätigte in seiner Zusammenfassung unsere schlimmsten Befürchtungen: Wenn es die Erpresser – und Mörder, wie Adelina nicht müde wurde zu ergänzen – einigermassen geschickt angestellt hatten, gab es keine Chance, herauszufinden, wer hinter der Strohfirma stand, die als Käuferin der Liegenschaft an der Karpatenstrasse auftreten würde, egal, ob die Kette der verschachtelten Firmen auf den Cook Islands endete oder nicht.

Reichlich ratlos trennten wir uns. Wenn uns etwas Neues einfiele, wollten wir uns gegenseitig informieren. Vorderhand aber waren neue Ein- und Absichten weit und breit nicht in Sicht.

***

Natalie Spross rief am Montag gegen Mittag an. Das Interview mit ihr war wie geplant erschienen. Sie hatte sich darin zur Unglücksserie geäussert, die ihr Unternehmen getroffen hatte, fand warme Worte für die ermordete Graziella Rosengarten und liess, wie vom Erpresser gefordert, durchblicken, man sei unter gewissen Umständen bereit, vom ehernen Prinzip abzuweichen, keine Immobilien zu verkaufen.

Schon am frühen Vormittag war das Kaufangebot einer ihr bisher unbekannten Aktiengesellschaft, vertreten durch eine renommierte Wirtschaftskanzlei, eingetroffen, auf Papier, überbracht von einem Kurier. Sie hatte sich eine Woche Bedenkzeit ausbedungen und diese erhalten. Alles würde ablaufen, wie wir es uns am Nachmittag davor zu unserem Leidwesen hatten ausmalen müssen.

Das bedeutete, dass in einer Woche ein erpresster Handel ablaufen würde, der rechtskräftig blieb, wenn der erpresserische Hintergrund nicht hieb- und stichfest nachgewiesen werden konnte, samt Antwort auf die Frage, wer dafür verantwortlich war. Dass die Chancen dafür minimal waren, wusste auch Frau Spross. Das gefiel ihr ganz und gar nicht. Den Verlust eines wertvollen Grundstücks und der damit verbundenen Gewinnaussichten konnte sie noch verkraften, gratis abgeben musste sie es nicht, wenngleich der gebotene Preis, wie in den Erpresser-Mails angekündigt, am unteren Ende der Spanne lag, die man als anständig bezeichnen konnte.

Viel mehr machte ihr zu schaffen, dass Verbrecher für ihr Tun nicht nur nicht zur Verantwortung gezogen werden konnten, sondern von ihrem ruchlosen Tun sogar noch profitieren würden. Ich versuchte sie zu trösten und faselte etwas von Lösungsmöglichkeiten, die sich ja noch auftun könnten. Daran glauben tat ich selbst nicht.

Es könne also gut sein, erklärte ich Adelina nach dem Gespräch mit Frau Spross, dass wir bald offiziell von der Handänderung eines Grundstücks an der Karpatenstrasse in Zürich lesen könnten, ohne etwas dagegen unternehmen zu können.

Adelina kannte das Wort Handänderung nicht. Ob es dabei darum gehe Finger auszuwechseln, oder gar die ganze Hand durch eine andere zu ersetzen? Ich lachte ob dieser Vorstellung und war froh um diesen Einbruch in meine düstere Stimmung. Schon als ich erklären musste, es handle sich dabei um die offizielle Bezeichnung eines Besitzerwechsels bei einer Immobilie, kehrten die Grauschleier in mein Gemüt zurück. Der Fall war hoffnungslos.

Des Zufalls Botschaft

Dem Fröhlichen
ist jedes Unkraut eine Blume,
dem Betrübten
jede Blume ein Unkraut.
Finnisches Sprichwort

Einen Trost bot der morgendliche Blick auf den Kalender wenigstens, der Dienstag, den 30. Juli anzeigte. Sechs Mal war an den vergangenen Dienstagen ein Anschlag auf Spross verübt worden, jedes Mal mit zunehmender Härte, zuletzt vor einer Woche der brutale Mord an Rosenrot. Diesmal war damit nicht zu rechnen, die Erpresser hatten vorläufig erreicht, was sie wollten, die Verkaufsverhandlungen waren im Gange.

Trost konnten Adelina und ich dringend brauchen. Beide hatten wir wegen der sommerlichen Ferienflaute derzeit nichts Dringendes zu tun, was uns hätte ablenken können. Adelina war bei mir oben geblieben, weil da die immer noch herrschende Hitze leichter zu ertragen war als unten in der Stadt. Schon jetzt, am späten Vormittag, war es jedoch auch auf meinem Hügel so schwül, dass uns die spärliche Kleidung selbst im Schatten meines kleinen Gartens am Leibe klebte.

Entsprechend träge verlief unsere Unterhaltung. Den Fall klammerten wir unabgesprochen aus. Darüber zu reden, hätte angesichts dessen offenkundiger Unlösbarkeit nur Frustration bewirkt. Stattdessen sprachen wir über das Wetter.

Und über die Reaktionen der Menschen darauf. Bereits waren wieder lautstarke Klagen zu hören, es sei zu heiss, und heisse Wünsche, es möge endlich wieder kühler werden. Ich erinnerte mich daran, wie wenige Monate zuvor dieselben Menschen über den zu langen Winter gewettert und den wärmenden Frühling herbeigesehnt hatten. Konsequent war das nicht gerade.

Adelina fand doch. Gemeinsam sei dieser Haltung gegenüber dem Wetter immer, dass sie von der Phantasie ausgehe, man könne das Wetter kontrollieren. Und wenn sich diese Phantasie als Phantasterei entpuppt, investiert man viel Zeit und Energie, um sich darüber zu beklagen.

Viel klüger, fuhr sie fort, sei es doch, Dingen gegenüber, die man ohnehin nicht ändern könne, wie eben dem Wetter, eine gewisse Gelassenheit zu entwickeln. Die so gesparte Energie kann man in sinnvollere Dinge stecken. Das hätten Menschen, die sich viel im Freien aufhalten, schon immer gelernt. Früher die Bauern, heute die Sportler.

Und die Gärtner, ergänzte ich. Die sowieso, entgegnete Adelina, denn wenn man es mit lebendigen Geschöpfen wie Pflanzen zu tun hat, kann man nie alles kontrollieren und kann sich deswegen ständig in der Kunst der Gelassenheit üben. Gärtner seien deswegen fast zu beneiden, weil sie dank dieser gereiften Gelassenheit etwas sehr Wertvolles geschenkt bekämen: Seelenfrieden.

Diese Bemerkung erinnerte mich daran, dass ich noch ein Stück jener speziellen Käsesorte namens «Appenzeller Secret» im Kühlschrank liegen hatte, auf die wir im Rahmen unseres zweiten Falls rund um Appenzeller Käse gestossen waren und die – wenngleich nur im engen geografischen Rahmen des Appenzellerlands – ihren Geniessern für eine Weile tiefen Seelenfrieden verschafft. Wir beschlossen, uns daran zu laben, um vielleicht in einen Gemütszustand zu kommen, der uns der Lösung des Falls näherbrachte.

Der Blick Richtung Säntis zeigte, dass sich dort ein frühes Gewitter zusammenbraute. Dunkle Wolken zogen in unsere Richtung, durchzuckt von ersten Blitzen. Das sich nähernde Donnergrollen wirkte bedrohlich. Es wurde Zeit, reinzugehen.

Kater Grizzly hatte dieselbe Idee. Er folgte uns schnurrend und mit erhobenem Schwanz ins Wohnzimmer. Dort tat er etwas, was er eigentlich nicht durfte, was von mir aber nie konsequent sanktioniert worden war: Er hüpfte mit einem gewaltigen Satz auf den Esstisch. Dort lagen, auf mehrere Stapel verteilt, diverse Ausdrucke und Notizen auf Papier, die alle mit dem Fall zu tun hatten. Wir hatten sie dorthin gelegt, um noch einmal nach bisher verborgenen Hinweisen zu suchen, waren aber dafür wegen der Hitze bisher zu träge gewesen.

Von der Existenz dieser Papierhaufen konnte Grizzly nichts wissen. Bei der Landung schlidderte er darauf aus und rutschte auf den nächsten Stapel. Erschrocken verliess er den ungastlichen Ort, hüpfte wieder auf den Boden und verzog sich ins Schlafzimmer.

Grizzlys unfreiwillige Aktion hatte zwei Blätter zu Boden schweben lassen. Ich hob sie auf, um sie später wieder an den richtigen Ort einzusortieren. Das konnte warten. Erst einmal genossen wir unser kleines Mahl mit Appenzeller Secret und Brot aus der Bäckerei des Hirschen.

Auch diesmal setzte die Seelenfrieden schenkende Wirkung zuverlässig ein. Bald fühlten wir uns in der Lage, ohne Druck und mit offenem Geist wie geplant noch einmal die Papiere auf Hinweise zu durchforsten. Adelina nahm die beiden heruntergefallenen Blätter in die Hand, um sie einzuordnen. Sie warf einen kurzen Blick darauf, stutzte und sah noch einmal genauer hin.

Sie zeigte mir die beiden Blätter. Beim einen handelte es sich um eines der Erpresser-Mails, beim anderen um einen Teil des Tagebuchs von Graziella Rosengarten. Beides war mir wohlbekannt, und ich konnte darauf nichts Auffälliges entdecken. Adelina belehrte mich eines Besseren. Es gab eine winzige Gemeinsamkeit zwischen den beiden Blättern. Auf beiden stand ein weiblicher Vorname, beim einen der vermutlich fiktive Name der Erpresserin, auf dem anderen der reale Name von Rosenrots Schwester. Und in beiden Fällen handelte es sich um denselben, nicht gerade häufigen Vornamen.

Ihre weibliche Intuition, gab sich Adelina überzeugt, sage ihr, dass das kein Zufall sein könne. Dass ein Zufall wie die von Grizzly verursachte Kombination zweier Papiere gepaart mit Intuition ein machtvolles Mittel der Erkenntnis sein kann, wusste ich theoretisch wie praktisch. Dennoch blieb ich skeptisch. Wenn beide Namen real wären, gäbe es eine gute Chance, dass tatsächlich ein Zusammenhang besteht. Doch das war hier nicht der Fall. Alle Beteiligten waren sich bisher einig gewesen, dass der Name unter den Erpresser-Mails fiktiv war und nichts mit der real existierenden Amanda Raggenbass zu tun haben konnte.

Vielleicht lag es an dem Pfeifchen, das wir zum Kaffee nach unserer Mahlzeit geraucht hatten, dass wir uns auf ein geistiges Spiel einliessen, das ebenfalls schon oft zu Erkenntnissen geführt hat: ohne einengende Beschränkungen zu fragen, was wäre, wenn.

Was wäre, wenn es sich bei der Unterzeichnerin der Erpresser-Mails doch um die echte Amanda Raggenbass handeln würde? Und, wo wir schon mal bei kühnen Gedankenflügen waren: Was wäre, wenn es sich dabei um die verschollene Schwester von Rosenrot handeln würde, von der sich diese immerhin bedroht fühlte?

Das Gewitter war mittlerweile mit einem heftigen Regenguss losgebrochen und hatte eine schlagartige kräftige Abkühlung gebracht. Unseren hitzigen Gedankenfluss vermochte das nicht zu kühlen. Die Theorie, die reale Amanda Raggenbass sei nicht nur die Erpresserin und Mörderin, sondern auch die wieder aufgetauchte Amanda Rosengarten, würde den ganzen Fall auf einen Schlag erklären und lösen. Dumm war nur, dass es sich dabei um eine offensichtlich sehr weit hergeholte Theorie handelte. Wir brauchten dringend Fakten.

Schon war Adelina im Netz, um nach Informationen über die real existierende Amanda Raggenbass zu suchen. Ich schaute ihr dabei zu und musste feststellen, dass ihr Gesicht lang und länger wurde. Die Ausbeute war mager. Viel mehr, als wir schon wussten, enthielt sie nicht. Amanda Raggenbass war eine schwerreiche, sehr zurückgezogene Dame, von der man nicht viel mehr wusste, als dass sie grosse Summen für die Förderung von kulturellen und philanthropischen Werken ausgab.

Genau so viel und so wenig stand auch im einzigen öffentlich zugänglichen Internet-Beitrag über Amanda Raggenbass, den Adelina gefunden hatte. Es war der Eintrag in der Liste der dreihundert reichsten Schweizer in der «Bilanz». Dort rangierte sie mit einem geschätzten Vermögen von zweihundertfünfzig Millionen auf Platz zweihundertvierundvierzig. Ein kleiner zusätzlicher Satz in dem sehr kurzen dazugehörigen Porträt erregte unsere Aufmerksamkeit: «Durch ihre Spenden schrumpft ihr Erbe laufend.»

Diese Behauptung wurde mit Zahlen belegt: 2009 betrug

ihr geschätztes Vermögen noch fünfhundertfünfzig Millionen, schrumpfte jedoch dann jedes Jahr bis 2012 um hundert Millionen. Wenn das so weiterginge, wäre sie also Mitte 2015 pleite.

Fast empfanden wir so etwas wie Mitleid mit dieser freigiebigen Dame, doch so ganz glauben konnten wir diese verschwenderische Strategie der Vermögensverwaltung nicht. Ich kannte aus früheren Tagen einen leitenden Redaktor bei der «Bilanz». Den rief ich jetzt an, um mehr zu erfahren.

Weitgehend ergebnislos. Der Journalist bestätigte nur, dass es sich bei Amanda Raggenbass um einen der härtesten Brocken auf ihrer Liste handle. Sie schotte sich völlig ab, an sie heranzukommen, sei unmöglich. Interviews gebe sie nicht, nicht einmal ein vernünftiges Foto von ihr existiere. Sie wüssten deshalb nicht mehr, als im Netz stehe.

Auf ihre Zahlen zum Vermögensschwund seien sie gekommen, weil Frau Raggenbass' Stiftung durchaus transparent operiere. Man wisse deshalb, an wen die Spendengelder gehen, und es sei auch ausgewiesen, dass sich die Stiftung vorwiegend durch sehr grosszügige Beiträge aus dem Privatvermögen der Stifterin finanziere. Ob die Dame aber wirklich diesem rasanten Schwund ihrer Besitztümer tatenlos zusehe oder ob sie sich heimlich nicht doch etwas dazuverdiene, um ihre Schatullen wieder zu füllen, sei völlig unbekannt.

Amanda Raggenbass, fügte er hinzu, gehöre sicher ausgeprägt zu jener Mehrheit der Reichen auf ihrer Liste, die dort lieber nicht auftauchen würden. Das könne sie zum Glück nicht verhindern. Ansonsten hätten solche Leute sehr wohl die Möglichkeit, ein Auftauchen im Internet weitestgehend zu verhindern – alles eine Frage des Geldes. Deshalb findet man im Internet über jeden Kassier eines örtlichen Blasmusikvereins viel mehr Informationen als über diese Superreichen.

Diese Beobachtung konnte Adelina im Fall von Amanda Raggenbass leidvoll bestätigen. Ausser den Informationen über ihre Stiftung gab es im Netz nichts zu finden, weder über ihre Herkunft noch über die Quelle ihres Reichtums, und schon gar nichts über allfällige aktuelle Aktivitäten.

Adelina wollte diese Pleite ihrer Recherche nicht auf sich sitzen lassen. Sie nahm mit einigen ihrer alten Kumpels aus Hackertagen Kontakt auf und erfuhr nach einigem Hin und Her von der Existenz einer nicht öffentlichen und gut abgeschirmten Internetplattform namens «richwatch.org». Der Name war Programm: Man wollte den Reichen auf die Finger schauen, um ihnen bei Bedarf daraufklopfen zu können. Zu diesem Zweck sammelte man in vielen Ländern alle Informationen über die dort jeweils reichsten dreihundert Personen.

Hätte richwatch.org diese Informationen öffentlich zugänglich ins Netz gestellt, wäre eine durch die Betroffenen ausgelöste Prozesslawine unvermeidlich gewesen. Um dieser Gefahr zu entgehen, beschränkte man sich bei der Publikation auf einen ausgewählten Kreis von Gleichgesinnten, die eine verschworene Gemeinschaft bildeten, in die nicht leicht hineinzukommen war. Einer von Adelinas Kumpeln wusste auch dieses Problem zu lösen, und bald war sie erfolgreich auf der Website von richwatch.org gelandet.

Zunächst war die Ausbeute auch hier enttäuschend. Unter dem Titel «Gesicherte Fakten» fand sich nicht viel mehr, als wir schon wussten. Nur ihr genauer Wohnort in Zürich war zusätzlich angegeben, samt Bildern von Google. Es handelte sich um eine herrschaftliche Villa am Zürichberg, wobei das Auffälligste ein weitläufiger und offenbar sehr gepflegter Garten war.

Adelina entdeckte, dass es zu jedem beobachteten Reichen eine zusätzliche Rubrik namens «Vermutungen» gab. Hier konnten in einem Chatforum alle Mitglieder das eintragen, was sie an ungesicherten Fakten wussten oder eben auch nur gerüchteweise vermuteten. Es gab keine Möglichkeit, das eine vom anderen zu unterscheiden, die Leserinnen und Leser mussten sich selbst ein Bild davon machen, was im wuchernden Gerüchtedschungel plausibel klang und was nicht.

Auch im Falle von Amanda Raggenbass wucherte dieser Gerüchtedschungel üppig. Nachdem wir uns ungefähr eine Stunde lang durchgekämpft hatten, ergab sich ein einigermassen plausibles, wenngleich nach wie vor völlig ungesichertes Bild von ihr.

Die erste Spur von ihr stammte aus Neuseeland. Demnach

war sie dort vor über zwanzig Jahren wie aus dem Nichts aufgetaucht. Man munkelte zwar etwas von jüdischer Herkunft und von Flucht vor einem innerfamiliären Konflikt, doch nicht einmal über ihren Mädchennamen war etwas bekannt. Sie hatte bald nach ihrer Einwanderung einen nach Neuseeland ausgewanderten Schweizer namens Oskar Raggenbass geheiratet und firmierte fortan als Amanda Raggenbass. Offenbar war es ihr gelungen, alle Spuren zu verwischen, die zu ihrer Herkunft führen könnten.

Ziemlich gesichert schien, dass dieser Oskar Raggenbass ein kleineres Vermögen damit gemacht hatte, dass er auf den mit Neuseeland assoziierten Cook Islands einen Offshore-Finanzplatz aufbaute. Adelina und ich schauten uns fragend an: Hatte dieser junge Wirtschaftskriminalist etwa einen Anflug von männlicher Intuition gehabt?

Dieser Raggenbass jedenfalls hatte seine Bergleidenschaft aus der Schweiz mitgenommen und war relativ jung bei einer Besteigung des höchsten Bergs Neuseelands, der ausgerechnet Mount Cook heisst, in eine Lawine geraten. Sein mittlerweile auf ein beträchtliches Ausmass angewachsenes Vermögen hatte seine Frau geerbt und in den folgenden Jahren dank geschickter Beteiligungsgeschäfte ungefähr um den Faktor zehn vermehrt. Auch diese Information war offenkundig mehr Gerücht als gesicherter Fakt, Näheres über die Art ihrer Geschäfte oder gar deren wirklichen Ertrag wusste niemand.

Sicher war, dass sie vor etwa fünfzehn Jahren in die Heimat ihres verstorbenen Mannes zurückgekehrt war und sich in Zürich niedergelassen hatte. Dort hatte sie ihre Stiftung gegründet und tat damit seither so viel Gutes, dass sie den Ruf einer echten Wohltäterin genoss.

Anders als andere Wohltäter hatte sie offensichtlich keinerlei Bedürfnis, ihr eigenes Ego aufzublähen. Sie erschien nie in der Öffentlichkeit und schien ihre Villa so gut wie nie zu verlassen, wie ein anscheinend besonders neugieriger Chat-Teilnehmer aus eigener Beobachtung zu berichten wusste. Von ihm stammte auch die Information, Frau Raggenbass habe kein festes, im Haus selbst wohnendes Personal. Mit Ausnahme einer älteren Dame, die offenbar ihre einzige Vertraute sei.

Mehr war nicht herauszukriegen. Sehr viel weiter half es uns auch nicht. Wir wussten jetzt, dass Amanda Raggenbass theoretisch in der Lage war, sich durch Beteiligungsgeschäfte etwas dazuzuverdienen, um ihre Ausgaben für Spenden zu decken, und dass diese Geschäfte auch diskret und am Rande der Legalität denkbar waren. Doch dass ausgerechnet eine ausgewiesene Wohltäterin zu so krummen Geschäften wie einer Erpressung in der Lage sei, erschien Adelina sehr unwahrscheinlich.

Unwahrscheinlich ja, unmöglich nicht, entgegnete ich. Ich erzählte Adelina von einem Theaterstück von Bertolt Brecht namens «Der gute Mensch von Sezuan». Lesen oder gar anschauen müsse sie sich das nicht, es sei viel zu belehrend und langfädig, aber der Plot sei in unserem Zusammenhang interessant: Eine zu echter Wohltätigkeit neigende Frau finanziert ihre Spendenbereitschaft so, dass sie sich zeitweilig in eine kalte und herzlose Kapitalistin verwandelt und damit genug Kohle für ihre nächste wohltätige Phase macht. Das Urbild einer gespaltenen Persönlichkeit sozusagen. Könnte doch auch auf Amanda Raggenbass zutreffen.

Adelina musste zustimmen. Wir hatten jedoch für diese kühne Theorie so wenig Beweise wie für die fast noch kühnere Annahme, bei Amanda Raggenbass handle es sich um die frühere Amanda Rosengarten. Allerdings sprach auch nichts dagegen. Die Gerüchte um ihre Herkunft sprachen im Gegenteil eher dafür. Auch altersmässig könnte es hinhauen.

Vor allem aber gäbe es bei dieser Identitätslage endlich eine vernünftige Erklärung dafür, warum ausgerechnet Graziella Rosengarten zum Mordopfer geworden war. Die ganze Erpressung von Spross wäre dann nur ein äusserst raffiniertes Täuschungsmanöver gewesen, um vom eigentlichen Mordmotiv abzulenken: späte Rache an der verhassten Schwester.

Um ein solches Erpressungsmanöver durchzuführen, braucht man Macht, sprich Geld. Man muss Informanten kaufen und die Ausführenden für ihre Verschwiegenheit gut bezahlen. Für Amanda Raggenbass, geborene Rosengarten, wäre das kein Problem gewesen, zumal als angenehme Nebenwirkung ein satter Gewinn winkte. Vor allem aber könnte sie dank dieses Umwegs der Polizei ein überzeugendes Motiv dafür liefern, warum ihre Schwester einem Mordanschlag zum Opfer fiel.

Diesmal war ich der Skeptiker. Rache als Mordmotiv, gut und recht, aber nach über zwanzig Jahren? Psychologisch nicht sehr überzeugend. Aber, schlug ich vor, vielleicht sollten wir die Ebene der üblichen Psychologie verlassen und tiefer in jene des Märchens eintauchen, das in unserem Fall eine nicht zu übersehende Rolle spielt. Adelina willigte ein. Wir versuchten herauszufinden, welche versteckten Botschaften das Märchen von Schneeweisschen und Rosenrot beinhalten mochte.

Schneeweisschen und Rosenrot

Auch ein kleiner Garten
ist eine endlose Aufgabe.
Karl Foerster

Wir waren uns rasch einig: Irgendetwas stimmte an diesem Märchen nicht. Märchen schildern ja in der Regel nicht einfach eine märchenhafte Realität im Sinne eines Idealzustands. Vielmehr erzählen sie fast immer von Konflikten und deren Lösung.

Konflikte gibt es in «Schneeweisschen und Rosenrot» schon, jene zwischen den Menschen und dem Zwerg. Zwischen den Menschen jedoch herrscht eitel Einigkeit, keine Spur von Meinungsverschiedenheiten oder gar Konflikten. Ganz besonders gilt dieser märchenhafte Zustand für das Verhältnis zwischen den beiden Schwestern. Sie vertreten zwar unterschiedliche Akzente, doch sie sind ein Herz und eine Seele. Und weil am Schluss nur eine von beiden den Prinzen heiraten kann, wird für die andere flugs ein zweiter Prinz herbeigezaubert, dass auch so jeder Anlass für einen Streit entfällt.

Warum, fragten wir uns, braucht das Märchen überhaupt zwei Mädchen? Für die Rolle, welche die beiden in der Erzählung übernehmen, hätte eines völlig genügt. Und weil Märchen im Allgemeinen sehr ökonomisch erzählen und auf überflüssigen Ballast verzichten, musste mehr dahinterstecken. Es konnte einfach nicht sein, dass zwei Schwestern eingeführt wurden, ohne dass es auch zwischen diesen Konflikte gab.

Gerade der aufgesetzt wirkende Schluss, vermuteten wir in unserer laienhaften Märcheninterpretation, könnte ein Hinweis darauf sein, dass in der Fassung der Gebrüder Grimm etwas geglättet oder gar verschwiegen worden war, was in früheren, noch raueren Fassungen noch drinsteckte: ein Konflikt zwischen Schneeweisschen und Rosenrot.

Adelinas Finger waren während unseres Gesprächs weiter auf ihrem iPad umhergehuscht. Plötzlich stiess sie einen überraschten

Pfiff aus: Beim Googeln hatte sie entdeckt, dass es eine aktuelle Verfilmung des Märchens gab. Auf dem deutschen Fernsehsender MDR. In der Mediathek des Senders konnte man sich diesen Film sogar anschauen. Da wir ohnehin nichts Besseres zu tun hatten, beschlossen wir, genau das zu Inspirationszwecken zu tun. Vielleicht war die eine Stunde, die der Film laut Ankündigung lang war, ja gut investiert.

Der Film erzählt in einer mittelalterlichen Szenerie im Wesentlichen die Originalgeschichte von Schneeweisschen und Rosenrot, allerdings mit einigen interessanten Ergänzungen und Abweichungen. So wird zum Beispiel die Herkunft des Zwergenschatzes geklärt. Dieser wird dem König, also dem Vater des Prinzen, mit der Verheissung auf eine wundersame Vermehrung abgeluchst («Ich sage nur ‹Amsterdamer Börse›!»); die Zwerge sind also der Prototyp des gierigen Kapitalisten.

Noch interessanter in unserem Zusammenhang: In der Filmversion sind die Unterschiede zwischen den beiden Schwestern wesentlich ausgeprägter als im Grimm-Märchen. Während sich Schneeweisschen nach einem beschaulichen Leben an der Seite ihres Märchenprinzen sehnt, will Rosenrot nur eines: hinaus in die Welt, um diese zu entdecken und darin Abenteuer, ja Gefahren zu erleben.

Konsequent ist deshalb der Schluss des Films. Als Schneeweisschen endlich in die Arme ihres Prinzen sinkt, taucht an der Seite von Rosenrot ein junger Mann auf. Dieser stellt sich nicht etwa als Bruder vor, sondern als entfernter Verwandter, der deshalb in der Königsfamilie als Aussenseiter gilt, weil er das geruhsame Leben am Hof nicht aushält und sich lieber in der weiten Welt aufhält. Rosenrot ist begeistert und zieht mit dem jungen Mann auf dem Rücken eines Pferdes durch das Stadttor hinaus in die grosse Welt. Ob sie sich später in ihren Begleiter verliebt und ihn gar heiratet oder ob sie ihn einfach als Fluchthelfer benutzt hat, bleibt offen.

Was wäre, wenn Rosenrot eines Tages zurückgekommen wäre und ihrer Schwester den Prinzen ausgespannt hätte? Besonders schwer dürfte ihr das nicht gefallen sein, sie hatte wesentlich mehr Temperament als ihre blasse Schwester, und eine Menge Interessantes wusste sie von ihren Streifzügen zu berichten. Dann könnte es gewesen sein wie bei den realen Rosengarten-Schwestern. Rosenrot hätte eine kurze Affäre mit dem Prinzen gehabt, bis dieser sie langweilte und sie zum nächsten Blütenkelch aufbrach. Schneeweisschen aber wäre mit gebrochenem Herzen zurückgeblieben.

Oder aber mit unendlicher Rachsucht. Die hätte so übermächtig sein können, dass sie die notwendigen Kräfte zum geduldigen Abwarten ihrer Erfüllung verlieh. Vielleicht sogar über viele Jahre. Man hatte von solchen Fällen schon gehört.

Hatte Graziella Rosengarten also mit ihren düsteren Vorahnungen recht gehabt? Waren ihre Befürchtungen, ihre verschollene Schwester könnte wieder auftauchen und sich an ihr rächen wollen, mehr als ein Hirngespinst gewesen? Hatte das Märchen von Schneeweisschen und Rosenrot tatsächlich einen verdeckten Hinweis auf einen machtvollen Konflikt zwischen Amanda und Graziella Rosengarten enthalten?

Auszuschliessen war das alles nicht. Und je mehr wir uns auf den Gedanken einliessen, desto überzeugender erschien er uns. Wir hatten nur nach wie vor keinerlei Beweise. Deshalb erzählte Adelina beim Telefongespräch mit Natalie Spross dieser nichts von unseren Spekulationen. Sie bat sie nur um einen Gesprächstermin am folgenden Vormittag, der uns prompt gewährt wurde. Um mehr über den möglichen Konflikt zwischen den Schwestern zu erfahren, mussten wir mehr als bisher wissen, wer Graziella Rosengarten in der Rolle der Rosenrot wirklich war. Dabei könnte uns ihre Freundin Natalie Spross vielleicht helfen.

Verdeckte Ermittlungen

Am leuchtenden Sommermorgen
Geh ich im Garten herum.
Es flüstern und sprechen die Blumen,
Ich aber, ich wandle stumm.
Heinrich Heine

Nein, von einer Schwester hatte Graziella nie etwas erzählt, wusste Natalie Spross am nächsten Vormittag zu berichten. Sie hätten zwar, wie das unter Frauen so üblich sei, ziemlich schnell über ziemlich alles gesprochen, nachdem sie ihre gegenseitige Sympathie entdeckt hatten, doch von einer Schwester oder gar einem Konflikt mit ihr sei nie die Rede gewesen. Warum Graziella dazu geschwiegen habe, könne sie nicht sagen, aber es mache den Anschein, als ob es einen gewichtigen Grund für dieses Versteckspiel gegeben habe.

Graziella selbst sei jedenfalls sicher keine Heilige gewesen. Sie habe ihr freimütig gestanden, in jüngeren Jahren nichts ausgelassen zu haben, schon gar nicht mit Männern. In dieser Zeit sei sie ein wilder Feger gewesen. Ihre kurzfristige Ehe, zu deren Ende sie nichts weiter erklärte, als dass die Charaktere unvereinbar gewesen seien, hatte den Schlusspunkt unter diese Lebensphase gesetzt.

Seitdem hatte sie mit Männern anscheinend nichts mehr am Hut und ging voll und ganz in ihrer Arbeit auf. Ihren wachsenden Erfolg verdankte sie einem Übermass an Talenten und Fähigkeiten, aber auch einem ebensolchen Überfluss an Willens- und Schaffenskraft, wozu noch ein gewinnendes Wesen und ein attraktives Äusseres kamen. Sie wusste um ihre Stärken und trat entsprechend überzeugt von sich selbst auf, was auf schwächere Naturen leicht als Dominanz wirken kann. Was sie vom Schicksal und von ihren Genen mitbekommen hatte, konnte schon mal den Neid solcher Naturen wecken. Von ihrem Erfolg ganz zu schweigen.

Nur, sinnierte Natalie Spross weiter, pflegen schwächere Naturen nicht zu morden, auch nicht aus Neid oder Eifersucht. Dazu ist nur jemand fähig, der selbst über machtvolle Stärke verfügt. Wenn auch vielleicht im Verborgenen und nach aussen unsichtbar. Ein tiefes Wasser, das nicht still ist.

An diesem Punkt beschlossen Adelina und ich in stummem Einvernehmen, Frau Spross in unsere Überlegungen über die wahre Identität von Amanda Raggenbass einzubeziehen. Sie hörte unseren Spekulationen zunächst ungläubig, dann mit wachsendem Verständnis zu. Auszuschliessen sei das tatsächlich alles nicht.

Und doch blieb sie skeptisch, was uns nicht mehr verwunderte, als wir erfuhren, dass Amanda Raggenbass eine gute Kundin von Spross war. Der Garten ihrer Villa, der uns schon im Bild aufgefallen war, war noch unter der Ägide des alten Spross entworfen und realisiert worden und wurde seitdem von ihrer Firma gepflegt und unterhalten. Mit Frau Raggenbass selbst hatte allerdings nie jemand persönlichen Kontakt gehabt, alles lief über deren rechte Hand. Mehr, als dass die Rechnungen immer pünktlich bezahlt wurden, wusste man deshalb über Frau Raggenbass auch bei Spross nicht.

Ratlos schlürften wir schweigend unseren Kaffee. Wie konnten wir mehr über Amanda Raggenbass und deren wahre Identität erfahren? Wieder einmal driftete ich in meine Phantasiewelten ab. Schon sah ich Adelina und mich auf verdeckter Ermittlung in der Villa der Raggenbass. Oder wenigstens in deren Garten. Das war doch wirklich kein Problem. Wir schlüpfen einfach in Arbeitsgewänder von Spross und geben uns, ausgestattet mit den passenden Werkzeugen, als Gärtner aus, die einen dringenden Auftrag haben. Und schon sind wir in Raggenbass' Garten.

Erst waren die Damen von dieser Idee nicht sehr entzückt, doch da sie keine bessere einzubringen hatten, wurde schliesslich beschlossen, dies sei die einzige Chance, die uns noch bliebe, weshalb wir sie möglichst sofort nutzen sollten. Eine Stunde später standen Adelina und ich einschlägig verkleidet im Garten der Raggenbass'schen Villa.

***

Hineinzukommen war ganz einfach gewesen, denn es gab einen triftigen Grund für unsere Mission. Die Gewitterfront vom Vortag war auch über die Stadt Zürich hinweggezogen und hatte dort mit heftigem Hagelschlag gewütet. In solchen Fällen gehörte es zur Geschäftspolitik von Spross, nicht abzuwarten, bis gute Kunden selbst Schäden meldeten, sondern aktiv danach zu fragen. Tatsächlich wusste die rechte Hand von Frau Raggenbass, eine gewisse Frau von Goppenstein, von Hagelschäden im Garten zu berichten, die sie so schnell wie möglich behoben haben wollte.

Sie liess uns durch das mit Videokameras überwachte Tor hinein und wirkte nicht allzu erstaunt, fremde Gesichter vor sich zu sehen. Unsere Erklärung, wegen der starken Beanspruchung des Arbeitsteams seien ihre gewohnten Gärtner anderweitig beschäftigt, überzeugte sie. Nachdem sie uns einen groben Überblick über die Schäden gegeben hatte, verabschiedete sie sich. Sie habe aushäusig zu tun und sei etwa in einer Stunde zurück.

Von Frau Raggenbass war nichts zu sehen. So begnügten wir uns vorderhand damit, den Garten in Augenschein zu nehmen. Die Bilder hatten nicht zu viel versprochen. Dieser Garten war ein Meisterstück der Gartenkultur. Natalie Spross hatte uns erzählt, sie habe Pläne und Bilder davon einmal Graziella Rosengarten gezeigt. Diese habe sich alles sehr genau angeschaut und gemeint, dieser Garten gehöre zu den ganz wenigen, die sie selbst gerne entworfen hätte.

Ich erinnerte mich an unser Gespräch und an Rosenrots Schwärmerei für fliessende Gewässer, weshalb mich ihre Sympathie für den Garten von Amanda Raggenbass nicht überraschen konnte. Hier war ihr Traum Wirklichkeit geworden. Ein Bach floss quer über das Hanggrundstück, auf dem die Villa stand. Von Frau Spross wussten wir, dass dieser Bach von einer natürlichen Quelle gespeist wurde, jedoch auf seiner ganzen Fliessstrecke künstlich angelegt worden war.

Schon die Bilder hatten gezeigt, mit welcher Kunstfertigkeit diese Aufgabe gelöst worden war, doch die Wirklichkeit wirkte einfach überwältigend. Jedenfalls auf mich, den Liebhaber von fliessenden Kleingewässern. Dieser rund hundert Meter lange Bachabschnitt, der sich, von unten betrachtet, von der linken oberen bis zur rechten unteren Ecke erstreckte, enthielt alles, was für mich die Essenz eines Bachs ausmacht, verdichtet auf einer überschaubaren Distanz zwischen Quelle und Abfluss in die städtische Kanalisation.

Der Bach hatte gerade und gekrümmte Abschnitte im stimmigen Verhältnis. An manchen Stellen war das Gefälle gering, sodass das Wasser ruhig und nur leise vor sich hin murmelnd dahinfloss. An anderen verengte sich das Bachbett und zwang das Wasser zu rascherem Dahinrauschen. Kleinere und grössere Steilstufen bildeten Wirbel und Wasserfälle.

Dieser Bach kam mir vor wie ein Bonsai-Baum im besten Sinne. Da wie dort wurde ein enormer künstlicher Aufwand betrieben, um den Eindruck grösstmöglicher Natürlichkeit zu erwecken. Beim Bonsai-Bach war das gelungen. Man ahnte zwar, dass jeder Stein und jeder Felsbrocken, aber auch jede Pflanze an den Ufern sehr bewusst platziert worden war, und doch wirkte das Ganze wie von der Natur selbst gestaltet. Oder vielleicht gerade deswegen.

Den Höhepunkt dieses Gesamtkunstwerks bildete zweifellos der Bachteich ungefähr in der Mitte der Fliessstrecke. Dieser Teich, in dem das eben noch munter rauschende Wasser zur Ruhe kam, war rund zwanzig Meter lang und etwa fünf Meter breit. Bis auf seinen Grund konnte man nicht sehen, doch die Steilheit der Uferböschung liess auf eine beträchtliche Tiefe schliessen. Am Ende des Teichs stürzte der Bach über einen kleinen Wasserfall und verschwand in einem Wäldchen.

Dieser Teich lag direkt unter der Terrasse der Villa, ungefähr drei Meter unter deren Niveau. Von der Terrasse aus führten zwei Treppen zum Teich hinunter. Die oberen Stufen wurden von Steinplatten in streng geometrischer Form gebildet, gegen unten wurden die Stufen immer unregelmässiger und gingen in einen natürlich wirkenden Felspfad über. Von Frau Spross wussten wir, dass dieser Teich zum Schwimmen genutzt werden konnte und auch wurde. Jetzt, wo ich diesen ganz besonderen Swimmingpool vor meinen Augen hatte, erinnerte ich mich daran, dass ich einst in Kindertagen in einem Bachteich schwimmen gelernt hatte, wenn auch nicht in einem künstlich angelegten.

Ich riss mich von meinen Erinnerungen los und beeilte mich, Adelina zu folgen, die schon unterwegs war, um die anderen Teile des ausgedehnten Gartens zu inspizieren. Wir hatten beide unsere kompakten Kameras dabei und nahmen fleissig Bilder auf. Das erschien uns unproblematisch, weil wir diese Tätigkeit leicht als normalen Bestandteil der Schadensaufnahme nach dem Hagelsturm hätten verkaufen können, wenn uns jemand gefragt hätte. Es war jedoch ohnehin keiner da, der uns hätte fragen können.

Zu entdecken gab es viel. Dieser Garten war ein einziges – und einzigartiges – Sammelsurium unterschiedlicher Formen und Stile. Es gab üppigen Rhododendron und einen Buchenhain, einen strengen Zen-Garten und einen chaotischen, einem Felssturz nachempfundenen Steingarten. Und natürlich Blumen aller Arten und in jeglicher Farbkombination.

Die einzelnen Teile dieses Gartens gingen teilweise fliessend und beinahe unmerklich ineinander über, waren zum Teil aber auch durch klar konturierte Grenzen in Form von Mäuerchen oder Hecken voneinander getrennt. Jeder Teil und jeder Übergang stimmte, was dem Ganzen eine eindrückliche Harmonie verlieh.

Dieser Garten, flüsterte Adelina, habe eine so wohltuend harmonisierende Wirkung, dass sie sich gar nicht vorstellen könne, jemand, der darin leben dürfe, könne Böses im Schilde führen, geschweige denn ausführen. Aus irgendeinem Grund hatten wir angefangen, uns so leise wie möglich zu unterhalten. Ich flüsterte deshalb meine Zustimmung zu ihrer Überlegung. Das war wirklich schwer vorstellbar. Vielleicht war unsere ganze Theorie nur ein Hirngespinst.

Dann entdeckten wir den Rosengarten. Passte zum ganzen Rest die Bezeichnung «wunderbar», so konnte man diesen Teil der Gartenanlage nur als prächtig bezeichnen. Nicht nur die Formen und Farben der hier in grosser Zahl blühenden Rosen weckten rauschhafte Gefühle. Auch die in der wieder gut aufgeheizten und fast windstillen Luft schwebende Duftwolke trug dazu bei.

Adelina fand, dieses kleine Paradies würde unsere These eher wieder stützen. Das war doch die leibhaftige und perfekte Verkörperung des von uns vermuteten Mädchennamens von Frau Raggenbass. Mir erschien diese Assoziation etwas plump. Ich wandte ein, auch andere Leute hätten prächtige Rosengärten, obwohl sie nicht Rosengarten heissen.

Am Ende des Rosengartens, direkt vor der hohen Buchsbaumhecke, die das ganze Grundstück umschloss, entdeckten wir etwas Seltsames. Seltsam war nicht das Bild, das sich uns bot. Erstaunlich war vielmehr, dass dieses Bild exakt jenem entsprach, das wir am Vortag in der Verfilmung von «Schneeweisschen und Rosenrot» gesehen hatten.

Dort ist die Hütte, in der die Mutter mit ihren zwei Töchtern mitten im Wald lebt, geschützt durch ein magisches Tor. Auf der einen Seite des Torbogens wuchert eine Kletterrose mit weissen, auf der anderen Seite eine mit roten Blüten. Dazwischen ist genug Platz, um einen Menschen mit reinem Herzen passieren zu lassen. Nähert sich jedoch jemand mit bösen Absichten, neigen sich die beiden Rosenbüsche zueinander und verschlingen sich so stark ineinander, dass ein Durchkommen unmöglich ist. Gezeigt wird das in beeindruckenden Trickaufnahmen.

Im leibhaftigen Rosengarten, in dem wir standen, gab es diese dynamische Schlingbewegung natürlich nicht, wohl aber die beiden Endzustände. Beim uns näher liegenden Torbogen wuchsen der weisse und der rote Rosenstock aufrecht in die Höhe und liessen den Durchgang frei. Ein paar Meter dahinter stand ein identischer Torbogen mit ebenfalls einem weiss und einem rot blühenden Rosenbusch, doch diese waren so ineinander verschlungen, dass sie nicht einmal den Blick auf die dahinterliegende Abschlusshecke freigaben.

Also doch Schneeweisschen und Rosenrot, und das exakt wie im Film? Nur, wie konnte ein Film, der höchstens ein Jahr alt war, diese Doppeltoranlage inspiriert haben, die eindeutig schon vor vielen Jahren angelegt worden war? Fragen über Fragen, die keine Antwort fanden. Wir beschlossen, unsere Tarnung glaubwürdiger zu spielen und zu beginnen, die verhagelten Pflanzen wegzuräumen. Adelina machte sich mit den mitgebrachten Schneid- und Grabwerkzeugen an die Arbeit. Ich machte mich auf die Suche nach einer Karrette, mit der wir das Zeug abtransportieren konnten.

Offenbar hatte ich nicht gut genug zugehört, als mir der zuständige Gärtner bei Spross erklärte, wo der einschlägige Schuppen zu finden sei. Jedenfalls hatte ich bald das mulmige Gefühl, mich verirrt zu haben. In diesem Teil der Gartenanlage war ich definitiv noch nicht gewesen. Mannshohe, wie ein Labyrinth angeordnete Hecken erschwerten die Orientierung.

Schon wieder hatte ich das Gefühl, leise sein zu müssen. Ich vermied die gekiesten Wege und hielt mich an die Rasenflächen. Erst als sich die Hecken vor mir zu einer schmalen Öffnung schlossen, die gerade mal Platz für den Kiesweg bot, musste ich zwangsläufig diesen wählen. Vorsichtig trat ich auf, und ebenso vorsichtig spähte ich in den Raum hinter der Heckenöffnung.

Es handelte sich um ein ebenfalls von blickdichten Hecken eingeschlossenes Grundstück von der Grösse eines ordentlichen Wohnzimmers, bewachsen mit einer der schönsten Mischungen von sommerlichen Blumen, die ich je gesehen habe. In der Mitte lag etwas erhöht eine Plattform aus edelstem Tropenholz, zu der eine bequeme Treppe hinaufführte. Auf der Plattform stand ein sehr eleganter Liegestuhl, und darin lag eine ein Buch lesende Dame in einem ebenfalls sehr eleganten Sommerkleid.

Ich wollte mich still und heimlich zurückziehen, doch es war schon zu spät. Die Dame hatte mich entdeckt. Sie setzte sich auf, wandte sich mir zu und fragte barsch, was ich hier zu suchen hätte. Ich erzählte ihr, ziemlich stockend, wie ich selbst fand, unsere Tarngeschichte. Zum Glück war der Teil mit der Karretten-Suche echt, ich weiss nicht, ob mir vor lauter Schreck rechtzeitig eine überzeugende Lüge eingefallen wäre.

Die Dame, die offenbar keinen Grund sah, sich vorzustellen, war ungefähr fünfzig Jahre alt, aber von der Natur und der Schönheitschirurgie bestens erhalten. Ihr perfekt gewelltes Haar war von einem hellen, fast weisslichen Blond, an dessen Echtheit zu zweifeln ich keinen Anlass sah. Ich konnte mir vorstellen, dass ihr Gesicht schön war, wenn sie lächelte. Jetzt tat sie das nicht. Ihr Blick war eiskalt, als sie mir die Richtung zeigte, in welcher der

Karretten-Schuppen lag, und sich weitere Störungen eindringlich verbat.

Die unverhoffte Begegnung mit der Hausherrin, um die es sich ohne Zweifel handeln musste, hatte an meinem Nervenkostüm geknabbert. Mit weichen Knien schritt ich in die angegebene Richtung. Immerhin hatte sie meine Tarngeschichte anscheinend geschluckt. Nicht auszudenken, was geschehen wäre, wenn sie Verdacht geschöpft hätte. Unbefugtes Eindringen in fremdes Territorium wäre noch der mildeste Vorwurf gewesen.

Da sich der gesuchte Schuppen laut der Erklärungen von Frau Raggenbass am ihrer privaten Leseecke entgegengesetzten Ende der Gartenanlage befand, führte mein Weg dahin zwangsläufig am in der Mitte liegenden Haus vorbei. Ich weiss nicht mehr, ob ich wirklich einfach den Bachteich von oben bestaunen wollte oder hoffte, etwas Brauchbares erspähen zu können. Jedenfalls fand ich mich auf der ausgedehnten Terrasse vor der Villa und oberhalb des Teichs wieder.

Die Glasflächen der Terrassentüren spiegelten die umgebende Landschaft und mich, erlaubten jedoch keinen Durchblick. Ich zückte meine Kamera, trat so nahe wie möglich an die Glasscheiben heran und äugte vorsichtig hinein, als eine mir erst seit Kurzem bekannte Stimme hinter meinem Rücken befahl, mich ganz langsam umzudrehen.

Ich tat, wie mir befohlen, und erlebte etwas, was mir in meinem ganzen bisherigen Leben noch nie passiert war: Ich blickte in die Mündung einer Pistole. Von vorne.

Die Heldin

Bäume sind Gedichte,
die die Erde
in den Himmel schreibt.
Khalil Gibran

Hatte der Blick von Frau Raggenbass schon bei unserer ersten Begegnung der Kälte eines Kühlfachs geglichen, so näherte sich dessen Temperatur jetzt dem absoluten Nullpunkt. Diese eisigen, zu allem entschlossenen Augen konnten den stärksten Mann umhauen, zumal dann, wenn die Botschaft von einer kühl glänzenden Pistole unterstrichen wird. Und ich war nicht der stärkste Mann.

Meine Lage war fatal. Ich wusste, wenn Blicke töten könnten, wäre ich schon nicht mehr am Leben. Doch das hatte sie gar nicht nötig, sie, die mit jeder Faser ihres Körpers ausstrahlte, dass sie die Waffe, die sie in der Hand hielt, sehr wohl zu gebrauchen wusste. Und sie bei Bedarf auch ohne Skrupel nutzen würde, um zu töten. Falls sie das nicht schon getan hatte. Oder jedenfalls angeordnet.

Ich war mir jetzt ganz sicher, die geborene Amanda Rosengarten, die Schwester von Rosenrot, vor mir zu haben. Unsere Theorie hatte sich als richtig erwiesen. Nur nützte mir das jetzt wenig. Triumphgefühle wegen unserer geistigen Klarheit konnte ich keine empfinden. Dafür war die Lage zu ernst.

Sie wurde noch ernster, als Amanda Raggenbass, alias Amanda Rosengarten, alias Schneeweisschen, höhnisch fragte, ob ich wirklich geglaubt hätte, dass sie auf meine Lügengeschichten hereinfalle. Ein einziger Blick auf meine Hände habe ihr genügt, um festzustellen, dass ich nie und nimmer ein Gärtner sein könne. Ich blickte kurz zu meinen schlaff herabhängenden Händen hinunter und musste ihr recht geben. Diese schmalen, langfingrigen und halbwegs gepflegten Hände zeugten in der Tat nicht vom täglichen Wühlen in Erde und Dreck.

Dumm gelaufen. Jetzt war es zu spät, meine eigene Unaufmerksamkeit zu schelten. Und vermutlich überhaupt für alles zu spät. Jetzt erklärte meine Gegnerin, sie wisse Bescheid darüber, dass wir ihr hinterherspionierten. Weshalb ihr gar nichts anderes übrig bliebe, als diese ihr zu nahe gekommenen lästigen Zeugen zu beseitigen. Ein für alle Mal. Bei mir könne sie glaubwürdig behaupten, mich bei einem Einbruchsversuch überrascht und in Notwehr gehandelt zu haben. Und für meine Genossin, wie sie sich ausdrückte, werde sie sich auch noch etwas einfallen lassen. Jetzt sei erst mal ich dran. Schon hörte ich ein Geräusch, das ich bisher nur aus Fernsehkrimis kannte: das Entriegeln einer Pistole.

An sich hätte jetzt der berühmte Kurzfilm meines Lebens vor meinem inneren Auge ablaufen müssen. Tat er aber nicht. Stattdessen fiel mir die Absurdität der Tatsache auf, dass ausgerechnet ich, der mit Waffen nie etwas am Hut gehabt hatte, jetzt durch ein ebensolches Ding ins Jenseits befördert werden würde. Und dann gab es doch noch einen kleinen Film. Einen Erinnerungsflash an die einzige Situation, in der ich jemals etwas mit einer Pistole zu tun gehabt hatte und die fast so absurd war wie diese.

Bei meiner Musterung wurde ich als nicht voll armeetauglich eingestuft und zu einer Hilfstruppe eingeteilt, welche die im Ernstfall über die Grenzen strömenden Flüchtlinge hätte empfangen und kasernieren sollen. Jede Untereinheit dieser Hilfstruppe bestand aus etwa einem Dutzend Männern, darunter zwei Offiziere und mehrere Unteroffiziere. Von denen übte einer die nützliche Rolle des Dolmetschers aus, während ein anderer als Wertschriftenfachmann bezeichnet wurde. Dieser hätte bei den Flüchtlingen die mitgebrachten Vermögenswerte vorläufig beschlagnahmen sollen und musste deshalb Bescheid wissen, was er in seine Inventurlisten aufnahm. Ja, so ist die Schweiz, selbst bei der Konfiszierung der Vermögenswerte von Flüchtlingen muss alles seine Ordnung haben, und beim Geld hört der Spass ohnehin auf.

Nur drei oder vier Angehörige dieser Trüppchen, darunter auch ich, waren normale Hilfssoldaten, die im Ernstfall die normale Drecksarbeit hätten übernehmen müssen. Da dieser Ernstfall in der Geschichte der Schweizer Armee jedoch äusserst selten aufgetreten ist, musste man sich mit entsprechenden Simulationsübungen begnügen. Bei solchen Bonsai-Manövern spielte jeweils ein Trupp die Flüchtlinge und der andere die Betreuer. In der Szene, an die ich mich jetzt so lebhaft erinnerte, war ich ein Simulations-Flüchtling.

Bevor wir das improvisierte Lager betreten konnten, nahm mich der Übungsleiter, ein Offizier, beiseite und befahl mir, seine Dienstpistole hineinzuschmuggeln. Wir Hilfstruppen waren nicht bewaffnet, und auch nach deren baldigem Ableben habe ich in meinem Leben keinen einzigen Schuss aus einem Gewehr oder einer Pistole abgefeuert. Die mir damals anvertraute Dienstpistole war und blieb die einzige Waffe, zu der ich je eine, wenn auch kurze, Beziehung hatte.

Und zwar eine ziemlich intime. Es fiel mir nämlich nichts Besseres ein, als das Ding in meiner Unterhose zu verstecken, eine Idee, auf die ich damals, glaube ich mich zu erinnern, sogar stolz war. Die weiten Uniformhosen verbargen jedenfalls bestens den Umstand, dass ich in meinem Schritt mehr trug als das Übliche. Gut, eine halbwegs ordentliche Kontrolle hätte das Schmuggelgut rasch ans Licht befördert, doch es gab keine Kontrolle.

Das vermerkte der Übungsleiter, dem ich die Pistole kurz darauf zurückgab, mit Stirnrunzeln. Mir war es egal, wenngleich ich eine gewisse Enttäuschung darüber verspürte, dass ein kleines Abenteuer, das einiges versprochen hatte, so banal endete.

So bescheuerte Erinnerungen kommen ausgerechnet in einem solchen Moment hoch, dachte ich noch, als ich die gefürchtete Stimme sagen hörte, nun sei genug geträumt, jetzt werde sie mich erschiessen. Ich wollte meine eigene Hinrichtung nicht mit ansehen und schloss die Augen.

Das werde sie nicht, hörte ich eine entschlossene und mir wohlvertraute Stimme sagen. Ich öffnete die Augen wieder und sah gerade noch, wie Adelina, die sich von hinten an Amanda Raggenbass herangeschlichen hatte, dieser einen wohlgezielten Handkantenschlag auf den waffentragenden Arm versetzte, wodurch die Pistole im hohen Bogen auf den Terrassenboden flog. Schon wieder zeigte Adelina ungeahnte Talente, diesmal in Sachen Kampfsport.

Unsere Gegnerin gab sich noch nicht geschlagen. Wie eine Furie stürzte sie sich auf die Waffe. Adelina hechtete hinterher. Ich stand immer noch wie gelähmt da und konnte nur zusehen, wie sich die beiden Frauen einen heftigen Kampf um die Pistole lieferten. Ein Schuss knallte, doch daraus, dass das Gerangel in unverminderter Härte weiterging, konnte ich schliessen, dass er keine von beiden verletzt hatte.

Adelina gelang es schliesslich, Amanda die Waffe zu entreissen und in den unter der Terrasse still daliegenden Bachteich zu schmeissen. Ihre Gegnerin rappelte sich hoch, um zu entfleuchen. Schon nach wenigen Schritten scheiterte sie an einem kleinen, aber nicht unwichtigen Detail. Sie trug High Heels – Stil muss in jeder Lebenslage sein –, und die brachten sie jetzt so ins Stolpern, dass sie einige Meter weiterschlidderte, an den Rand der Terrasse geriet und dort den Abhang hinunterrollte, direkt zum Teich, in dem sie unter heftigem Aufspritzen versank.

Der Teich war offensichtlich tief, denn es dauerte eine ganze Weile, bis sie wieder auftauchte. Nur still war das tiefe Wasser nicht mehr. Über seine Oberfläche zogen heftige Wellen, als Amanda Raggenbass, geborene Rosengarten, sich schüttelnd und prustend mühsam ans Ufer kletterte.

Heraus kam ein ganz anderes Geschöpf, als hineingefallen war. Das abgegriffene Bild vom begossenen Pudel stimmte in diesem Fall, genauso überrascht, hilflos und verängstigt, aber auch weich und verletzlich sah sie aus, sie, die eben noch eiseskalte Härte ausgestrahlt hatte. Jetzt, da ich mich wieder gefangen hatte und bereit war, mich auf sie zu stürzen und sie zu überwältigen, war das nicht mehr nötig.

Ausgerechnet die befehlsgewohnte Amanda Raggenbass bat uns darum, ihre durchnässte Kleidung wechseln zu dürfen, danach sei sie zu einem Geständnis bereit. Adelina ging mit, um sie von Frau zu Frau vor dem Begehen allfälliger Dummheiten zu bewahren. Ich wartete im schattigen Teil der Terrasse auf die Rückkehr der beiden.

Ein weiteres zentrales Element unserer Theorie, überlegte ich, hatte sich ebenfalls bestätigt. Amanda Raggenbass Rosengarten war eine gespaltene Persönlichkeit. Beide Teile hatten wir in kurzer Zeit erlebt. Ich begann mir auszudenken, wie ich meiner Heldin gebührend für ihre Lebensrettung danken könnte, doch bevor ich zu einem Ergebnis kam, kehrten die beiden schon auf die Terrasse zurück.

Das Geständnis

Wer im Frühjahr sorgt für Dünger,
im Spätherbst erntet dicke Dinger.
Spontispruch

Zunächst bat sie uns, mit der Benachrichtigung der Polizei noch zuzuwarten. Sie werde sich nachher freiwillig stellen. Doch davor wolle sie ihr Gewissen erleichtern, und zwar nicht gegenüber der Polizei, sondern lieber vor uns. Sie wisse über unsere früheren Fälle und unsere jetzigen Aktivitäten Bescheid und habe deshalb Respekt vor unseren aufklärerischen Fähigkeiten, vor allem aber auch, und dabei blickte sie Adelina an, vor unserem tatkräftigen Einsatz für die gerechte Sache.

Wir erklärten uns einverstanden, bestanden aber darauf, eine Tonaufnahme ihres Geständnisses zu machen, um ihr einen späteren Rückzieher zu verunmöglichen. Sie stimmte zu und legte los:

«Ja, ich bin Amanda Rosengarten. Und ja, ich habe meine Schwester Graziella umgebracht. Um das zu erklären, Ihnen und mir, muss ich tief in meine eigene Vergangenheit zurückgehen.

So. Sie haben Zeit. Na gut, die werden wir auch brauchen.

Meine frühesten Kindheitserinnerungen sind die an eine heile Familie. Ich hatte Eltern, die sich liebevoll um uns Mädchen kümmerten und uns alles an Impulsen, Anregungen und Förderungen gaben, was wir wollten und brauchten. Lange bevor das auch für weiblichen Nachwuchs üblich wurde.

Und ich hatte eine zwei Jahre ältere Schwester, die mein Ein und Alles war. Wir waren uns innig vertraut, teilten alles, unternahmen alles gemeinsam. Tatsächlich genau wie Schneeweisschen und Rosenrot. Seit mein Vater mir dieses Märchen zum ersten Mal erzählt hat, war für mich und genauso für meine Schwester völlig klar: Wir sind Schneeweisschen und Rosenrot.

Bald nannten uns alle so. Das war nicht überraschend. Wir glichen äusserlich den beiden Märchen-Mädchen aufs Haar.

Ebenso vom Charakter her. Graziella war in jeder Hinsicht nach aussen orientiert. Sie war schon in jungen Jahren eine begnadete Selbstdarstellerin und konnte auf die Menschen zugehen. Ich dagegen war introvertiert, oft in mich gekehrt und im Umgang mit Menschen scheu.

Dieser Unterschied zeigte sich an unseren bevorzugten Aufenthaltsorten. Während ich die Innenräume mochte, und deshalb auch den Winter, weil man da meistens drinnen ist, war Rosenrot am liebsten draussen und mochte deshalb den Sommer am meisten.

Ungeachtet solcher Differenzen blieben Rosenrot und ich während unserer Kindheit und Jugend unzertrennlich und waren ein Herz und eine Seele. Auch wenn es noch eine andere Wirklichkeit gab, die ich aber tief in meinem Inneren versteckt hielt. Nie liess ich mir etwas anmerken, schon gar nicht gegenüber meiner Schwester, und ich bin mir fast sicher, dass sie nie etwas gemerkt hat. Von meinen dunklen Gefühlen für sie.

Es war nur ein dunkles Gefühl, dafür ein mächtiges: Neid. Seit ich mich erinnern kann, bin ich auf meine Schwester neidisch gewesen. Nicht, dass dieses Gefühl dominiert hätte, bewahre. Aber es war immer da. Rosenrot sah besser aus als Schneeweisschen. Sie sprühte vor kindlichem Charme, konnte alle um den Finger wickeln. Mit ihrer Lebenslust und ihrem sonnigen Gemüt stellte sie mich buchstäblich in den Schatten. Logisch, dass sie von allen Seiten mehr Aufmerksamkeit genoss als ich. Zudem war sie zwei Jahre älter als ich und mir damit in allen Belangen uneinholbar voraus. All das weckte meinen Neid.

Sie meinen, solche kindlichen Gefühle seien normal und machten einen nicht automatisch zur Mörderin? Da haben Sie recht, aber hören Sie weiter.

Als Kind wusste ich nicht, dass solche Gefühle normal sind. Dafür wusste ich, dass man nicht neidisch zu sein hat, ja, dass Neid eine Sünde ist. Gute Kinder aber begehen keine Sünden. Und gute Kinder waren wir, im Vorbild des Märchens ebenso wie in der Wahrnehmung durch meine Eltern. Also hatte ich gut zu sein. Das verbot es, eifersüchtig und neidisch auf meine Schwester zu sein.

Also baute ich vor dieser dunklen Ecke meines Gefühlshaushaltes eine Mauer auf, um das Dahinterliegende nicht mehr wahrnehmen zu müssen. Jedes Mal, wenn ich wieder Neid auf Rosenrot verspürte, entsorgte ich das Gefühl hinter dieser Mauer. Der Haufen von entsorgten Gefühlen wuchs, und deshalb musste ich die Mauer davor ständig erhöhen.

Das kann nicht gut gehen, ich weiss. Solcherart hinter einer Mauer des Verdrängens versteckte Gefühle sind nicht einfach weg. Sie sind immer noch da und entwickeln einen zunehmenden Drang, sich Gehör zu verschaffen. Notfalls lautstark. Ich habe diese Erfahrung gemacht. Schon als Kind. Immer wieder mal meldete sich dieser brennende Neid, und jedes Mal wurde es schwieriger, ihn hinter die Mauer des Schweigens zurückzudrängen. Dazu hatte ich Schuldgefühle, weil ich überhaupt so unpassende Gefühle hatte.

Heute weiss ich, dass es keine unpassenden Gefühle gibt. Damals empfand ich es so, und der Kampf dagegen hat mich viel Kraft gekostet. Vielleicht begann ich deshalb, mich noch stärker in mich zu kehren. Andererseits hat mich dieser Kampf auch stärker gemacht. Ich entdeckte eine machtvolle und harte Seite an mir, die bisher verborgen geblieben war und für die ich einen gewissen Stolz empfand.

Mein inneres Doppelleben dauerte unsere ganze Jugend hindurch. Nach der Schule waren wir notgedrungen weniger oft zusammen, aber nicht weniger miteinander verbunden. Schon während unseres Studiums tauschten wir uns intensiv über unsere künftigen Tätigkeiten aus. Und die Pläne, diese Tätigkeiten so weit wie möglich zusammen auszuüben, reiften früh. Zusammengearbeitet haben wir eine ganze Zeit lang erfolgreich.

Die Wahl unserer Studienfächer war irgendwie logisch. Es gab eine Gemeinsamkeit: Sowohl Garten- wie Innenarchitekten richten Räume ein. Und es gab einen Unterschied: Rosenrot richtete äussere Räume ein, ich innere. Das wäre eigentlich die ideale Ergänzung gewesen. Wir hatten das, was jede gute Zusammenarbeit braucht, genügend Gemeinsamkeiten und genügend Unterschiede. So teilten wir unsere grundsätzlichen Vorstellungen von Schönheit, Harmonie, Ausgewogenheit und

Kontrast. Im Detail gab es ausreichend unterschiedliche Ideen, um die nötige Spannung zu erzeugen. Zudem befassten wir uns mit unterschiedlichen Räumen, was zum Vornherein gegen Konkurrenz und für Kooperation sprach.

Ich glaube, meine Schwester empfand die damalige Situation als ideal. Nur in mir regte sich der Dämon Neid, stärker denn je. Diesmal ging es nicht darum, dass sie erfolgreicher war als ich, über fehlende Aufmerksamkeit und Anerkennung konnte ich mich nicht beklagen. Nein, ich beneidete Rosenrot um etwas viel Tieferliegendes.

Beide gestalteten wir Räume. Doch das Material, mit dem wir dabei umgingen, war grundsätzlich verschieden. Ich hatte es mit sehr kunstvoll gestalteten, aber letzten Endes künstlichen und damit toten Gegenständen zu tun. Meine Schwester dagegen konnte mit Bäumen, Sträuchern, Blumen und anderen Pflanzen gestalten, mit lebendigen Dingen. Mit Lebewesen. Darum beneidete ich sie glühend.

Eines wusste ich von Rosenrot: Ein Garten hat mit natürlicher Natur etwa so viel zu tun wie ein innenarchitektonisch sorgfältig gestaltetes Haus mit einer steinzeitlichen Wohnhöhle. Wenn man auf einem Gartengrundstück alles dem natürlichen Lauf der Dinge überlässt, kann es zweihundert Jahre dauern, bis es einigermassen so aussieht, wie wir uns natürliche Natur vorstellen. Jeder Garten ist also mehr oder weniger künstlich, bedarf gezielter Eingriffe. So weit lag Rosenrots Tätigkeit als Gartengestalterin also nicht von jener Schneeweisschens als Gestalterin von Innenräumen weg.

Was meinen Sie? Ja, ich sah und sehe uns oft wie von aussen und rede dann von Schneeweisschen, wenn ich mich meine. Sie können das ja hoffentlich übersetzen …

Wo war ich? Ach ja, bei der Ähnlichkeit unserer beider Tätigkeiten. Beide waren wir Gestalterinnen, wirkten künstlich und künstlerisch zugleich. Nur, in ihrem Fall kam dazu ein Element, das bei mir fehlte. Das Leben. Dieser Gegensatz zwischen künstlicher Gestaltung und lebendigem Material ergab bei allem, was Rosenrot tat, eine zusätzliche Spannung, die sich schöpferisch auswirkte. Darum beneidete ich sie.

Ich wollte nicht wirklich mit ihr tauschen. Der Garten war eine Welt, die mir fremd geblieben war. Zu wenig kontrollierbar und zu schmutzig. Ganz anders Rosenrot. Sie liebte es schon als kleines Kind, in Erde und Dreck zu wühlen. Wenn wir, was selten vorkam, mal eine Strafe bekamen, bestand diese meistens darin, eine Stunde im Garten zu jäten. Nach Ablauf dieser Stunde ging Schneeweisschen dankbar, dass es vorbei war, zurück ins Haus. Rosenrot dagegen machte selbstvergessen einfach weiter. Sie war im Garten so sehr in ihrem Element, dass sie Gartenarbeit nicht als Strafe, sondern als Belohnung empfand. Das fand ich wiederum ziemlich ungerecht.

Ich hatte also schon ganz schön viel heimlichen Groll auf meine Schwester angesammelt, als dieser junge, ebenso wohlerzogene wie wohlhabende Mann in mein Leben trat, den ich damals als den vom Märchen versprochenen Prinzen empfand. Und er entschied sich für mich. Nicht für meine eigentlich attraktivere Schwester. Meine Träume schienen wahr zu werden. Ein zurückgezogenes, glückliches Leben an der Seite eines treuen Gatten.

Pustekuchen! Von wegen treu. Noch während unserer Verlobungszeit begann mein angeblicher Prinz eine Affäre mit meiner Schwester. Oder sie mit ihm. Ich bin bis heute überzeugt, dass sie ihn verführt hat. Gut, es gehören immer zwei dazu, aber sie trug mit Sicherheit die Hauptschuld. Da ist für mich definitiv eine Welt zusammengebrochen.

Meine verliebte Euphorie hatte davor dazu geführt, dass der Neid-Dämon in meinem Inneren weitgehend verstummt war. Mochte Rosenrot doch das behalten, was an ihr beneidenswert war. Schneeweisschen hatte jetzt etwas viel Bedeutsameres, ihren Prinzen, die Erfüllung ihres Traums. Und der hatte sich für sie entschieden. Was zählte da der ganze unbedeutende Rest.

Als Rosenrot mir auch das wegnahm, brüllte mein innerer Dämon auf, zerbrach mit einem Faustschlag die mühsam aufgerichtete Sperrmauer und übernahm das Kommando über mich. Ich wurde zur wütenden Furie, getrieben von glühender Rachsucht. Damals hörte ich keine andere Musik als die Rache-Arie der Königin der Nacht aus der «Zauberflöte».

Bald kehrte meine andere Persönlichkeit zurück. Ich bekam

mich selbst wieder in den Griff und konnte meine Gefühle einigermassen kontrollieren. Ohne das hätte ich sie vermutlich schon damals umgebracht. Meine Restvernunft sagte mir, dass es sich nicht lohne, dafür ins Gefängnis zu gehen. Trotzdem. Was zu viel war, war zu viel, und ihr weiter zu begegnen, war für mich zu viel. Ich habe jeden Kontakt zu meiner Schwester abgebrochen.

Genützt hat das nicht viel. Etwas in mir hoffte zwar, die Zeit würde alle Wunden heilen. Irgendwann. Doch ich wusste aus Erfahrung, dass das bei mir nicht funktioniert. Ich kann einfach nicht loslassen. Vermutlich ist das eine Fehlkonstruktion meines Gehirns, ich weiss es nicht.

Wie sich das äussert? Sehen Sie, es ist etwa so wie bei schlimmen traumatischen Erlebnissen. Die graben sich unauslöschlich ein und tauchen immer wieder auf. Ich hatte nie ein solches traumatisches Erlebnis. In mir steckt die Summe vieler kleiner Kränkungen und Verletzungen. Zusammen reichen die aus. Weil ich sie einfach nicht vergessen kann.

Das allein wäre nicht weiter schlimm. Wir Menschen können vieles nicht vergessen, und manchmal tauchen die Erinnerungen an negative Erfahrungen bei allen im Bewusstsein auf. Wenn das geschieht, erkennt und meldet das Gehirn von glücklicheren Menschen gleichzeitig: Keine Gefahr. Es ist vorbei. Das ist nur eine Erinnerung. Die Gefühle, die damals mit dem Erlebnis verbunden wurden, sind nicht mehr aktuell. Du kannst dich entspannen.

Mein Gehirn tut das nicht. Wenn es eine Erinnerung aus dem Gedächtnisspeicher holt, nimmt es gleichzeitig die damaligen Gefühle mit. Und zwar so, dass ich sie in der Jetztzeit so empfinde wie damals. Erinnere ich mich an eine Kränkung, fühle ich mich wieder verletzt und wütend wie damals. Erinnere ich mich, dass ich auf meine Schwester neidisch war, bin ich wieder neidisch und eifersüchtig.

Es ist, als ob diese Gefühle dazu verdammt wären, ewig zu leben. Sie erhalten nie die Chance, einfach vorbei zu sein. Oder wenigstens zur vagen Erinnerung zu verblassen. Nein, sie sind immer präsent. Diese Wunde, die keine einzelne grosse Wunde ist, sondern die Summe vieler kleiner, kann nicht heilen.

Deswegen wurde das dringende Bedürfnis, meine Schwester mit dem Tod zu bestrafen, nicht geringer, sosehr ich versuchte, diese Gefühle nach gewohnter Manier einzudämmen und einzusperren. Mir wurde klar, dass es einen Moment geben könnte, in dem diese Kontrolle zu schwach würde. Und weil ich ohnehin erkannt hatte, dass das mit meinem Prinzen, der zum Bären geworden war, nicht klappen würde, bin ich geflohen. So weit weg, wie es ging. Ans andere Ende der Welt, nach Neuseeland.

Warum ich nie in therapeutischer Behandlung war? Ich habe es ein paarmal versucht, gebracht hat es nichts. Man hat mir erklärt, es handle sich bei meinen Beschwerden nicht um eine wohldefinierte psychische Störung. Deshalb könne man sie nicht behandeln. Es sei einfach so, dass die Gabe des Vergessenkönnens so unterschiedlich verteilt sei wie musikalisches Talent oder Schönheit. Manche Menschen hätten davon mehr abbekommen, andere weniger. Ich hätte da offenbar Pech gehabt. Damit sei ich nicht die Einzige. Man müsse halt einfach lernen, damit zu leben. Am besten, indem man sich selbst besser zusammenreisse.

Danke, das hatte ich schon gewusst. Mit mässigem Erfolg bei der Umsetzung. Deshalb habe ich so grosse geografische Distanz wie möglich zwischen das Objekt meiner Rachsucht und mich gebracht und bin nach Neuseeland gegangen. Um die Chancen, doch eines Tages von meinem inneren Dämon überwältigt zu werden, noch mehr zu verkleinern, habe ich alle Zelte hinter mir abgebrochen. Alle Spuren verwischt. Ich wollte, wenn schon, richtig verschwinden.

Wie ich das finanziert habe? Ganz einfach. Ich habe meinen Verlobten dazu gebracht, mir schon vor der Hochzeit seine Liebe auch in Form eines ordentlichen Zustupfs auf mein Konto zu beweisen. Der Trottel hat brav gemacht, was ich von ihm wollte. Mit diesem beachtlichen Sümmchen konnte ich mich in Neuseeland quasi einkaufen und eine ganze Zeit lang gut leben, ohne etwas zu verdienen.

Diese Zeit habe ich dann gar nicht gebraucht. Schon bald habe ich meinen Oskar kennengelernt, wenig später haben wir geheiratet. Die grosse Liebe war es von meiner Seite nicht. Aber er hatte ein paar unbestreitbare Vorzüge. Zum Beispiel ein beträchtliches Vermögen. In der Schweiz hatte er sich seine Sporen im Finanzgeschäft abverdient und war nach Neuseeland ausgewandert. Früher als andere erkannte er die Chancen des Offshore-Modells und gründete eine Finanzgesellschaft auf den Cook Islands.

Sie können sich gar nicht vorstellen, wie viele Leute Geld verstecken wollen. Sicher, Steuervermeidung ist ein wichtiges Motiv. Andere wollen ihr Vermögen vor unliebsamen Erben oder abtrünnig gewordenen Ehefrauen verbergen, aber auch vor den eigenen Geschäftspartnern. Meist wollen solche Leute nicht, dass man die wahren Besitzer eines Unternehmens kennt. Offizieller Eigner ist zum Beispiel eine andere Firma, hinter der wiederum ein Trust steckt, also eine Art anonyme Stiftung.

Die Firma meines Mannes gründete und verwaltete auf den Cook Islands solche Trusts. Die werden dort nicht besteuert, und niemand ausser den Treuhändern weiss, wer die Stifter und die Nutzniesser der darin geparkten Gelder sind. Der Treuhänder funktioniert als Strohmann, der etwa Zahlungsanweisungen unterzeichnet. Und schon ist alles ganz legal.

Ja, ich weiss, heute sieht die Welt solche Geschäftsmodelle zunehmend kritischer. Die Enthüllungen von «Offshore Leaks» vor ein paar Monaten haben diese Entwicklung noch verstärkt. Bis dahin wussten zum Beispiel nur ein paar Eingeweihte, dass die Cook Islands schon länger als problematischer Finanzplatz eingestuft wurden. Jetzt weiss es jeder interessierte Zeitungsleser.

Damals aber konnte mein Mann sein Geschäft unbehelligt aufbauen. Dazu brachte er beste Voraussetzungen mit, alle Tugenden eines klassischen Schweizer Vermögensverwalters. Er kannte alle Tricks, war bauernschlau und kannte keine Skrupel. Er war sehr diskret und verschwiegen, das personifizierte Bankgeheimnis sozusagen.

Von dieser von Natur aus fehlenden Neugier profitierte auch ich. Oskar stellte mir nie eine Frage nach meinem Vorleben. Er akzeptierte von Anfang an, dass ich darüber Stillschweigen bewahren wollte. Rückblickend muss ich feststellen, dass er mich behandelte wie einen Kunden. Woher dieser und sein Geld kamen, war unwichtig. Hauptsache, beide waren jetzt da. Mir war das gerade recht. Ich wollte ein neues Leben, möglichst weit weg von dem, was mich weggetrieben hatte. Dazu brauchte ich eine neue Identität, und die hatte ich spätestens nach der Heirat mit Oskar Raggenbass.

Kinder wollten wir beide keine. Einfach nur zu Hause rumhocken wollte ich nicht. Für Innenarchitektinnen gab es in Neuseeland wenig zu tun. So kam es, dass ich anfing, mich mit den Geschäften meines Mannes zu beschäftigen. Und wieder entdeckte ich eine neue Seite an mir. Das Jonglieren mit Finanzen und Vermögen begann mir Spass zu machen.

Oskar war ein guter Lehrmeister. So brav und bieder er im Privatleben war, so sprühend vor Kreativität und ausgebufften Ideen war er in seiner beruflichen Welt. Darin stand ihm so schnell keiner nach. Ich lernte zügig. Bald waren wir ein eingespieltes Team.

Ich hatte mich, auch für mich erschreckend schnell, vom braven und gesetzestreuen Schneeweisschen in eine skrupellose Geschäftsfrau verwandelt. Wenn ein gutes Geschäft winkte, gab es keine moralischen Hemmungen mehr. Dabei ging es uns gar nicht so sehr ums Geld, wir pflegten einen eher bescheidenen Lebensstil. Wichtiger war die mit Geld immer verbundene Macht. Und am wichtigsten war die pure Lust an einem gelungenen Deal.

Wenn uns mal wieder eine besonders trickreiche Konstruktion geglückt war, mit der wir dem Finanzamt oder der Konkurrenz ein Schnippchen schlagen konnten, bereitete mir das zunehmend Vergnügen. Ein schlechtes Gewissen hatte ich bald nicht mehr. Es spielte sich ja alles im Rahmen der örtlichen Gesetze ab. Ich erinnerte mich daran, dass Rosenrot einmal einen Spruch nach Hause gebracht hatte, der aus der Spontiszene oder irgendeiner Jugendbewegung stammen mochte: ‹Legal – illegal – scheissegal›. Ausgerechnet diese Devise war längst zum Leitmotto der Finanzindustrie geworden. Und ich war mittendrin.

Als mein Mann dann in eine Lawine geriet, am Mount Cook, welche Ironie des Schicksals, trauerte ich weniger um den Ehemann und mehr um den Geschäftspartner. Ich war jedoch mittlerweile bereit, die geerbte Firma allein weiterzuführen. Das habe ich getan. Erfolgreich, wie ich meine. Ich habe den Wert der Firma und den meines Vermögens innerhalb weniger Jahre ungefähr verzehnfacht.

Warum ich nicht einfach weitergemacht habe und in Neuseeland geblieben bin? Nun, ich habe erfahren, dass das, was ich über die Unmöglichkeit erzählt habe, einen Teil seiner Persönlichkeit dauerhaft zu verdrängen, auch umgekehrt gilt. Jahrelang konnte ich die leise Stimme meines schlechten Gewissens erfolgreich beiseiteschieben. Diese Stimme, die den guten und edlen Teil von mir verkörperte, meldete sich eines Tages mit Macht zurück. Und liess sich nicht mehr zum Verstummen bringen.

Mir wurde klar, was ich getan hatte. Ich hatte mitgeholfen, staatliche Gemeinschaften um ihnen eigentlich zustehende Gelder zu betrügen. Gelder, die deshalb nicht für Strassen und Polizisten, für Krankenhäuser und Schulen ausgegeben werden konnten. Meine gute Seite konnte das, was ich bisher immer hinter nebulösen Ausführungen über den so wichtigen Schutz der finanziellen Privatsphäre versteckt hatte, brutal einfach formulieren.

Mein Erschrecken über mich selbst war gross. Entsprechend stark war mein Bedürfnis nach Wiedergutmachung für meine Sünden. So wurde ich zur Wohltäterin.

Ich habe die Stiftung gegründet, auf die Sie sicher schon gestossen sind. In Neuseeland gab es mir letztlich doch zu viele Schafe. Deshalb bin ich nach Europa zurückgegangen. Nach England oder Deutschland wollte ich nicht, da wäre mir meine Schwester zu nahe gewesen. Dass man in der Schweiz als reicher Mensch sehr bequem und vor allem auch sehr diskret leben kann, wusste ich von meinem verstorbenen Mann. Und als angeheiratete Frau eines Schweizers hatte ich keine Probleme, mir die benötigten Papiere zu beschaffen.

Was wollen Sie wissen? Ob ich keine Angst mehr vor meinem inneren Dämon gehabt habe? Nein. Als ich mich in Zürich niederliess, war ich fest davon überzeugt, ihn im Griff zu haben, auch wenn das Objekt meiner Rachsucht jetzt wieder näher war. Der Wunsch, Rosenrot aus Rache umzubringen, war noch da. Aber nicht so stark, dass ich hätte fürchten müssen, von ihm überwältigt zu werden. Ich konnte ihn kontrollieren.

Sie sind neugierig, was mit meinem rasch schwindenden Vermögen los sei? Gut, wenn ich schon alles gestehe, kann ich auch das. Kennen Sie den guten Menschen von Sezuan von Bert Brecht? Ja? Das ist auch mein Geheimnis.

Eine Zeit lang habe ich mein Geld tatsächlich mit vollen Händen für wohltätige Zwecke ausgegeben, ohne mich um Nachschub zu kümmern. So sehr wollte ich wiedergutmachen, was ich angerichtet hatte, so stark war mein schlechtes Gewissen.

Immerhin war ich Geschäftsfrau genug, um eines Tages zu realisieren, dass es so nicht weitergehen konnte. Meine wohltätigen Ausgaben wollte ich nicht reduzieren. Zu sehr machte mir diese Tätigkeit Spass und brachte Sinn in mein Leben. Also mussten neue Einnahmen her. Und zwar so beträchtliche, wie sie in meinem angestammten Beruf ausser Reichweite lagen.

Was blieb mir also anderes übrig, als so Geld zu machen, wie ich es schon lange erfolgreich getan hatte, mit mehr oder weniger anrüchigen Geschäften? So machte ich es wie Shen Te, der gute Mensch von Sezuan. Um meine Wohltätigkeit finanzieren zu können, verwandelte ich mich von Zeit zu Zeit zurück in die skrupellose Finanzjongleurin, die ich einmal gewesen war.

Dieser Wechsel fiel mir leichter, als ich befürchtet hatte. Ich hatte offenbar ausreichend gelernt, mit einer gespaltenen Persönlichkeit zu leben. Müssen wir das in diesen Zeiten nicht alle?

Sie nicken. Ich jedenfalls konnte es. Die Sache hatte nur einen Haken. Den habe ich allerdings erst entdeckt, als es schon zu spät war. Davor war mir nicht aufgefallen, dass es zwischen meinen beiden Teilpersönlichkeiten der guten Wohltäterin und der bösen Ausbeuterin eine unheilvolle Symmetrie gibt. Man könnte sagen, sie haben sich gegenseitig hochgeschaukelt.

Je hemmungsloser ich meinen Drang auslebte, Gutes zu tun, desto hemmungsloser wurde ich auch in meinen Geschäften. Je mehr ich etwas wollte, desto stärker wurden mir die dafür einzusetzenden Mittel egal. Am Rande der Legalität hatte ich mich immer schon bewegt, doch darüber hinausgegangen war ich früher nicht. Zunehmend war mir jetzt der Unterschied zwischen legal und illegal tatsächlich scheissegal. Hauptsache, ich bekam, was ich wollte. Und natürlich, ich wurde nicht erwischt.

Wenn man, wie mein Mann, Beihilfe zur Geldwäsche leistet, um es unverblümt zu sagen, ist es unvermeidlich, dass man mit allerlei zwielichtigen Figuren aus der Halb- oder gar Unterwelt in Kontakt kommt. Mit Leuten, die ein Unternehmen ausspionieren können. Oder einen kleinen Sabotageakt durchführen. Oder auch mal etwas klauen. Dieses Kontaktnetz habe ich nach dem Tod meines Mannes weiterhin gepflegt. Und konnte es so leicht reaktivieren. Alles eine Frage des nötigen Kleingelds.

Sehen Sie, es ist bekannt, dass die eine oder andere Firma, die Kleinkredite vergibt, zu unzimperlichen Mitteln greift, um säumige Schuldner einzuschüchtern. Wie unten, so oben. Auch in der Welt der Hochfinanz wird manchmal nachgeholfen, um dem Wunsch nach einem bestimmten Geschäftsabschluss Nachdruck zu verleihen. Auch bei Beteiligungsgeschäften wird nicht nur mit Zuckerbrot operiert. Sondern auch mit der Peitsche. Die setzt man mit zunehmender Wucht ein, bis es der blöde Gaul begriffen hat. Dafür wiederum braucht es eine Handvoll handverlesener loyaler und verschwiegener Mitstreiter, die bei Bedarf effizient demonstrieren, dass sie eine Drohung wahr machen können.

Nein, Sie werden von mir nicht erfahren, wer meine Mitstreiter waren und sind. Loyalität funktioniert wie Vertrauen nur auf Gegenseitigkeit. Das tut auch nichts zur Sache. Für die Geschichte, die Sie interessiert, ist nur wichtig, dass ich schon vor Spross Erfahrungen mit mehr oder weniger erpresserischen Aktionen hatte. Erfolgreiche Erfahrungen. Ich wusste also, welche Mittel man einsetzen muss, um seinen Willen durchzusetzen. Und ich hatte in diesen Phasen der Geldbeschaffung keine Skrupel, diese Mittel auch einzusetzen.

Alles hätte gut so weiterlaufen können, wenn nicht eines Tages meine Schwester aufgetaucht wäre. Nein, nicht leibhaftig, nur in Form der Zeitungsmeldung über ihre künftige Zusammenarbeit mit Spross. Gegen Spross hatte ich gar nichts, im Gegenteil. Diese Firma hat diesen wunderbaren Garten hier angelegt und immer bestens gepflegt. In meinen Phasen als guter Mensch ist dieser Garten eine wunderbare Kraftquelle für mich. Wenn ich die böse Finanzjongleurin bin, stört er mich mindestens nicht, auch wenn ich ihn dann kaum wahrnehme. Nein, auf die Idee,

Spross zu erpressen, wäre ich vor dieser Meldung nie im Leben gekommen.

Was mich an dieser Information erschreckte, war die Aussicht, dass mir meine Schwester wieder ganz nahe auf die Pelle rücken könnte. Solange sie in England und Deutschland wirkte und Erfolg hatte, was ich aus der Ferne grob verfolgte, war sie weit genug weg. Jetzt würde sie häufiger in Zürich sein. Und, wer weiss, im Zuge der Besichtigung gelungener Spross-Gärten auch mein Grundstück betreten!

Wenn sie mir dabei begegnen würde, wäre es aus mit meiner Tarnung. Das allein machte mir schon Panik. Noch schlimmer war, dass ich spürte, wie allein die Vorstellung von einer solchen Begegnung mit Rosenrot all meine mühsam unterdrückten bösen Gefühle für sie auf einen Schlag wieder hochkochen liess. Das Bild davon, wie ich sie eigenhändig mit einem ihrer geliebten Spaten erschlug, drängte sich mit Macht in mein Bewusstsein.

Dieser innere Film setzte sich mehr und mehr in meinem Kopf fest. Nur meine Panik schwand. Ich fürchtete mich immer weniger vor dem Moment einer solchen Begegnung, in dem ich die Kontrolle verlieren könnte. Ja, ich begann, diesen Moment, in dem ich endlich meine Rachegelüste befriedigen konnte, regelrecht herbeizusehnen. Mein Dämon hatte die Macht übernommen.

Und er leitete mich zuverlässig. Er liess die ursprünglich kochend heisse Wut auf Rosenrot abkühlen zu einer eiskalten Antriebskraft und bannte damit die Gefahr, mich in unüberlegte emotionale Handlungen zu verstricken. Stattdessen liess er einen messerscharfen Plan von kühler Eleganz in mir reifen.

Der Plan war, Sie müssen es zugeben, genial. Ich konnte meine Rachegelüste an Rosenrot stillen, ohne die geringste Gefahr, dabei erwischt zu werden. Ich würde es einfach so aussehen lassen, als ob sie das Opfer eines teuflischen Erpressungsmanövers geworden sei. Anonyme Bösewichte erpressen ein Unternehmen. In einer eskalierenden Stufenfolge. Die ersten Aktionen sind noch vergleichsweise harmlos. Dann werden, um die Ernsthaftigkeit der Forderung zu unterstreichen, die Botschaften immer deutlicher, die Aktionen immer härter.

Klingt doch überzeugend, oder? Dieses stufenweise Vorgehen

hat bei mir immer gewirkt. Aktionen gegen Leib und Leben habe ich nie eingesetzt. Doch solche Aktionen sind die logische und konsequente Fortsetzung einer Eskalations-Strategie. Es wirkt daher glaubhaft, wenn an deren Ende sogar ein Mord steht, als letzte Konsequenz sozusagen.

Glaubhaft wäre es auch, im Rahmen einer solchen Erpressungsstrategie zunächst jemanden umzubringen, der dem erpressten Unternehmen zwar nahesteht, aber diesem nicht direkt angehört. Wäre das noch immer nicht wirksam, bliebe ein weiterer Steigerungsschritt übrig, der direkte Angriff auf Firmenangehörige, am besten natürlich auf die Besitzerfamilie.

Ja, Sie sehen, ich habe mir alles wohl überlegt. Es sollte so aussehen, dass meine Schwester das zufällige Opfer einer skrupellosen Erpressungsstrategie geworden war. Der Mörder oder seine Auftraggeber hatten nichts Persönliches gegen sie. Sie hatte ganz einfach das Pech, mit dem erpressten Unternehmen verbandelt gewesen zu sein. Die Erpresser hatten sie aus keinem anderen Grund umgebracht, als mit diesem Mord zu beweisen, dass man notfalls buchstäblich über Leichen gehen würde, um die eigenen Forderungen zu erfüllen.

Wie? Ja, klar, auch Spross war ein zufälliges Opfer. Wie gesagt, ich habe nichts gegen dieses Unternehmen, und so spannend ist das Liegenschaftsgeschäft, um das es ging, auch wieder nicht. Jedenfalls nicht für jemanden aus meiner Gewichtsklasse. Nein, Spross hatte einfach das Pech, einen Vertrag mit Graziella Rosengarten abzuschliessen. Das Pech war nicht der Vertrag an sich, der war ja objektiv richtig und sinnvoll. Nur leider hat Spross den Vertrag mit einer Frau abgeschlossen, die eine verschollene Schwester hatte. Die sich wiederum unbedingt an ihr rächen wollte, für etwas, das Jahrzehnte zurücklag, aber mit zunehmender Macht in ihr nagte.

Ob es einen entscheidenden Moment gegeben hat, in dem der Plan von der abstrakten Vorstellung in die blutige Umsetzung kippte? Ja, Sie haben recht. Eine ganze Zeit lang blieb der Plan lustvolle Vorstellung. Ich hatte mich so weit im Griff, dass ich mich mit meinen Phantasien begnügte. Bis ich über einen Zeitungsartikel stolperte, der die dünn gewordene Wand zwischen Vorsatz und Ausführung endgültig zum Einsturz brachte.

In diesem Artikel wurde ein Buch mit Abbildungen ungewöhnlicher Grabsteine vorgestellt, als Illustration für eine sich wandelnde Bestattungskultur. Es gab zum Beispiel Grabsteine in Form einer Comicfigur und allerlei kunstgewerblichen Schnickschnack. Was mir jedoch ins Auge fiel, war eine wahrhaft ungewöhnliche Grabstein-Inschrift. Sie lautete: ‹Mein ist die Rache!›

Der Zusatz ‹… spricht der Herr› fehlte. Da teilte jemand ganz unverblümt und hemmungslos der staunenden Nachwelt mit, er habe das Heft des Racheschwerts höchstpersönlich in die Hand genommen. Oder es sich jedenfalls sehnlichst gewünscht. Das war mir in dem Moment egal. Nur eine Botschaft hämmerte in meinem Kopf: Was der kann, kann ich auch!

In diesem Augenblick wurde in mir der Schalter umgelegt. Ohne weitere Verzögerungen begann ich, meinen Plan in die Tat umzusetzen. Natürlich brauchte es umfangreiche Vorarbeiten. So paradox es klingen mag, aber den grössten Aufwand musste ich für die untersten Eskalationsschritte betreiben. Dazu musste ich erst einmal Spross ausspionieren, und das war alles andere als einfach.

Sehen Sie, ich habe besonders treue und loyale Mitarbeiter, weil ich sie besonders gut bezahle. Aussergewöhnlich hohe Löhne kann und will Spross nicht bezahlen. Und dennoch haben sich die Mitarbeiter von Spross aussergewöhnlich loyal verhalten. Das kann eigentlich nur bedeuten, dass sie dort ebenfalls aussergewöhnlich viel bekommen, in Währungen, die mindestens so wichtig sind wie Geld. Hilfe in der Not etwa, vor allem aber Anerkennung und Respekt.

Sie sind erstaunt, dass ich solche Gedanken hege? Sie scheinen noch immer nicht begriffen zu haben, dass ich in meinen beiden Teilpersönlichkeiten wirklich gut bin. Wenn ich der gute Mensch bin, weiss ich, wie Menschen in einem Arbeitsteam so miteinander umgehen, dass sie nicht nur so zufrieden wie möglich sind, sondern dass auch das beste Ergebnis herauskommt. So schwierig ist das nicht. Menschliche Erfahrung und gesunder Menschenverstand lehren einen schnell, wie wichtig dabei gelebte Werte wie gegenseitiger Respekt sind.

Als böser Finanzhai muss ich das vergessen, in dieser Welt zählt nur eine Währung, das Geld. Die Mitarbeitenden von Spross leben nicht in dieser Welt. Meiner besten Mitarbeiterin ist es nicht gelungen, jemanden von Spross mit Geld dazu zu bringen, Betriebsinterna zu verraten. Sie rannte mit ihren Versuchen gegen eine Mauer, die so stabil und wetterfest war wie eine Gartenabschlussmauer von Spross.

Es brauchte ihre ganze Hartnäckigkeit, um doch noch einen Informanten aufzutreiben. Durch einen, für mich, glücklichen Zufall war kurze Zeit zuvor etwas geschehen, was bei Spross selten vorkommt: Man hatte einen Mitarbeiter entlassen müssen. Nicht wegen fehlender fachlicher Qualifikationen, sondern weil er menschlich nicht in das Team und in die Unternehmenskultur von Spross passte. Dieser Typ war wegen seines Rauswurfs frustriert und sann auf Rache. Das, zusammen mit einem für seine Verhältnisse stattlichen Geldbetrag, genügte, um ihn zum Singen zu bringen.

Zugegeben, dass unser Informant vom geheimen Projekt ‹Platahorn› wusste, war ein unverhoffter Glücksfall. Der mir sehr zupasskam. Damit hatte ich einen Punkt gefunden, an dem ich Spross wirklich treffen konnte. Viel über das Projekt wusste unser Spitzel nicht. Es genügte, dass er den Aufenthaltsort der Sprosse kannte. Und wusste, wie man da ungesehen hinein- und wieder herauskam.

Das war übrigens der einzige Punkt, an dem ich nicht ganz sicher war, wie Spross reagieren würde. Ich konnte mir vorstellen, dass diese Sprossen für Spross so wichtig und wertvoll waren, dass sie auf meine Erpressung eingehen würden. In meinem Plan wäre das viel zu früh gewesen, ich wollte ja nicht, dass Spross nachgab, bevor ich meine Schwester ermorden konnte. Bei allen anderen Aktionen war ich mir sicher, dass sie nicht nachgeben würden, nur bei den Sprossen nicht. Auch da ist Spross, zum Glück für mich, unnachgiebig geblieben. Und wenn nicht, hätte ich einen Plan B in der Hinterhand gehabt.

Nein, da können Sie mich noch so bitten. Ich werde Ihnen nicht verraten, wo die Sprossen jetzt sind. Es geht ihnen gut, und sie sind sicher untergebracht, so viel kann ich Ihnen sagen. Aber ich werde nicht freiwillig meinen letzten Trumpf herausrücken, mit dem ich mir, ausser mit diesem Geständnis, noch Vorteile verschaffen kann. Das können Sie vergessen.

Den Rest der Geschichte kennen Sie, ich will Sie nicht mit Details langweilen. Noch einmal. Mit genügend Geld kann man sich die besten Fachleute auch in zweifelhaften Gewerben kaufen, die die Aufträge zuverlässig ausführen. Egal, ob es sich um den Diebstahl von Sprossen oder um die Entführung einer Leiche handelt. Ganz zu schweigen davon, ein bisschen Gift in ein Catering zu streuen oder unliebsame Gerüchte in die Öffentlichkeit.

Wie, was wollen Sie noch wissen? Warum ich meine Schwester selbst erschossen habe, statt einen Profikiller anzuheuern? Ja, ich weiss, das wäre wesentlich vernünftiger gewesen. Und nicht mal teuer. Ein Menschenleben ist in diesen Kreisen etwa so viel wert wie das Honorar, das Sie für das Schreiben eines Marken-Krimis erhalten.

In dieser Frage hat nicht die Vernunft mein Handeln bestimmt. Es war mein Dämon, der mir eingeflüstert hat, meine Rache sei nur dann vollständig und mein Rachegelüste befriedigt, wenn ich sie mit eigenen Händen umbringe. Ich habe zuerst daran gedacht, sie zu erwürgen, doch das hätte ich nicht gekonnt. So habe ich mich daran erinnert, dass ich in meinen rauen Zeiten in Neuseeland auch Schiessen gelernt habe.

Ach ja, etwas wissen Sie noch nicht. Als Sie die Leiche entdeckt haben, haben Sie mich vom Hirschen wegrennen sehen. Anders als von Ihnen und der Polizei vermutet, bin ich damals nicht durch den Wald direkt zu meinem Auto gerannt. Ich wollte sehen, was abläuft, und habe mich deshalb so nahe wie möglich am Waldrand versteckt. Die Polizei hatte keine Suchhunde dabei, ich brauchte also keine Entdeckung zu fürchten.

So habe ich gesehen, wie Sie in das Zimmer geklettert sind und die Leiche entdeckt haben. Später, als die Polizei da war, habe ich gehört, wie jemand nach Ihnen gerufen hat, mit Ihrem Namen, Franz, Herr Eugster. Ich hatte die Gegend im Vorfeld meiner Tat ausreichend ausgespäht, um zu wissen, dass jemand, der um Mitternacht zu Fuss bergauf geht, nicht allzu weit weg wohnen kann.

Meine Mitarbeiter haben am nächsten Tag weiter spioniert. Es war nicht schwer, herauszufinden, wer die Leiche meiner

Schwester entdeckt hatte. Und dass dieser seltsame Typ zusammen mit seiner cleveren Freundin Adelina von seinem Hochsitz auf dem Tannenhügel aus schon den einen oder anderen Kriminalfall gelöst hatte. Ich liess Sie überwachen, und sobald ich erfuhr, dass Sie Frau Spross in Zürich besuchten, schickte ich jemanden auf den Hügel, um einen Einbruch vorzutäuschen. Und Sie so ein bisschen einzuschüchtern. Hat ja auch geklappt.

Leider nicht genug, um zu verhindern, dass Sie auf die dämliche Idee mit der verdeckten Ermittlung in meinem Garten gekommen sind. Ja, aber sicher habe ich Sie sofort erkannt, als Sie mich in meiner verborgenen Leseecke gefunden haben. Ich bin ja nicht dumm, natürlich habe ich mir Bilder von Ihnen zeigen lassen.

Ich gebe zu, einen winzigen Moment lang hat mich Ihr Auftauchen ernsthaft beunruhigt. Damit hatte ich tatsächlich nicht gerechnet. Mir war blitzschnell klar, dass das Gefahr bedeutete, dass Sie schon mehr herausgefunden hatten, als mir lieb sein konnte. Selbst wenn es sich bei Ihren Schlüssen nur um Vermutungen handelte, war die Bedrohung zu gross. Ich musste Sie beide eliminieren. Eine erste Gelegenheit, dies glaubwürdig zu tun, haben Sie mir selbst geboten, indem Sie sich an einem Ort aufgehalten haben, wo Sie nichts zu suchen hatten. Die Geschichte mit dem Einbruchsversuch hätte man mir glatt geglaubt.

Schade, dass es nur fast geklappt hat. Aber knapp daneben ist auch daneben. Und das nur, weil ich Sie, Adelina, unterschätzt habe. Ein unverzeihlicher Fehler, wie ich jetzt weiss.

Aber, wissen Sie was, ich bin froh, dass es jetzt vorbei ist. Auf jeden Fall ist das helle Schneeweisschen in mir darüber froh. Es weiss, dass meine dunkle Seite so schnell nicht wieder Raum zur Entfaltung bekommen wird. Auch wenn das Ganze für die Katz war. Meinen Rache-Dämon konnte ich durch das Blutopfer zum Schweigen bringen. Dafür habe ich jetzt einen wachsenden Schuld-Dämon am Hals. Und ich weiss, dass ich diesen Dämon nicht zum Schweigen bringen kann. Nie mehr.

So, jetzt können Sie die Polizei rufen.»

Nationalfeiertag

Jeder Garten
ist besser
als kein Garten.
Oliver Sacks

Am nächsten Tag war nicht zu übersehen, dass es 1. August war, das Datum, an dem die Schweiz ihren Nationalfeiertag begeht, als arbeitsfreien Feiertag. Das war nicht immer so. Früher regelte das jeder Kanton für sich. Mancherorts war der ganze Tag arbeitsfrei, an anderen nur der Nachmittag, und an gewissen Orten wurde ganztags gearbeitet, die wichtigen Feiern fanden ohnehin erst abends statt. Erst 1993 stimmte das Volk einem Volksbegehren zu, das den 1. August zum landesweiten einheitlichen Feiertag machen wollte. Mit der höchsten Zustimmung übrigens, die je ein Volksbegehren in einer Abstimmung erzielte.

In den Blumenkästen auf der Terrassenbrüstung des Hirschen steckten zur Feier des Tages Fähnchen, die in einem willkommenen abkühlenden Wind flatterten, vorwiegend Schweizer Fahnen mit dem weissen Kreuz im roten Feld. Dazwischen steckten auch einige Fahnen mit dem Wappen des Kantons Appenzell Ausserrhoden, einem aufrecht stehenden schwarzen Bären vor weissem Grund, wobei Zunge, Krallen und Lendenbereich des Bären blutrot gefärbt sind.

Dieser Bär erinnerte die kleine Runde, die auf der Hirschen-Terrasse die unvergleichliche Aussicht über die wogenden Hügel bis hin zum Säntis genoss, an jenen uns bis heute namentlich nicht bekannten Mann, der in der Geschichte von Rosenrot und Schneeweisschen eine so unheilvolle Rolle gespielt hatte. Nicht im Märchen, aber in der Wirklichkeit.

Die kleine Runde, die bequem an einem Tisch Platz fand, bestand aus vier Personen. Wir feierten den erfolgreichen Abschluss des Falls Rosenrot, wie wir ihn intern längst nannten. Neben Adelina und mir gehörte Karl Abderhalden dazu. Und

Natalie Spross, die es sich nicht hatte nehmen lassen, uns persönlich zu gratulieren. Und gleich die versprochene Belohnung mitzubringen.

Natürlich sprachen wir ausgiebig über das Geständnis von Amanda Raggenbass, geborene Rosengarten, von dem die beiden anderen mittlerweile auch Kenntnis hatten. Und über sie selbst. Alle waren wir erschüttert über die menschlichen Abgründe, die sich in dieser gespaltenen Persönlichkeit aufgetan hatten.

Nicht ganz einig waren wir uns, wie weit diese Person nebst allem Abscheu über ihre Taten auch so etwas wie Mitleid verdiente. Sicher, sie war intelligent genug, um genau zu wissen, was sie tat. Auf Unzurechnungsfähigkeit würde sie sich kaum berufen können. Und doch war in ihrem Geständnis, das Frau Spross und Karl in Ausschnitten direkt ab Tonband gehört hatten, etwas von einer gequälten Getriebenheit spürbar geworden, von dämonischen Neigungen in ihr, die sie nur bis zu einem gewissen Grad kontrollieren konnte.

Ein Gehirn, das so tickt, kann eine Strafe sein. Und seine Trägerin hatte es in diesem Fall nicht geschafft, etwas daran zu ändern, weder aus eigenen Kräften noch mit fremder Hilfe. Wie weit sie daran selbst schuld war und wie weit sie als eine Art Opfer zu gelten hatte, musste offenbleiben.

Wir beliessen es beim Unentschieden und wandten uns erfreulicheren Themen zu, der prächtige Tag war einfach zu schön für so düstere Themen. Und die traurige Geschichte um Erpressung und Mord blieb zwar traurig, war aber eindeutig zu einer Geschichte geworden. Jede Geschichte, ob hell oder düster, hat einen entschiedenen Vorteil. Sie erzählt von Ereignissen, die vorbei sind. Und uns nicht mehr direkt im Hier und Jetzt betreffen.

Vor allem Frau Spross genoss diesen Umstand sichtlich. Sie war verständlicherweise erleichtert darüber, dass es keine weiteren Erpressungen mehr geben würde. Dass sie ihr Grundstück behalten konnte, war Nebensache.

Adelina nutzte die Gelegenheit, Frau Spross in ein Gespräch über das unerschöpfliche Thema Garten zu verwickeln. Walter, der Hirschen-Wirt, lauschte wie immer mit einem halben Ohr, worüber seine Gäste sprachen. Er verschwand kurz, um einen Artikel aus der gestrigen regionalen Zeitung zu präsentieren. Es ging darin um deutsche Umweltaktivisten, die sich für die Rechte der Pflanzen einsetzen und zu diesem Zweck die erste Pflanzenklappe der Welt entwickelt haben. Wie bei einer Babyklappe kann man darin eine ungewollte Pflanze anonym entsorgen und darauf hoffen, sie werde von jemandem adoptiert.

Adelina fand die Idee ziemlich krass. Karl meinte, er sei sich schon bei der Babyklappe, die es vereinzelt gibt, nicht sicher, ob das eine gute Idee sei, aber das Prinzip auf Zimmerpflanzen anzuwenden, klinge in der Tat ziemlich verrückt.

Ich wies auf die Herkunft der Idee hin. Es sei sicher kein Zufall, dass man in Deutschland darauf gekommen sei. Dort gibt es aus meiner Sicht ein starkes Erbe der Romantik, das zu einem sentimentalen Verhältnis zur Natur führt.

Natalie Spross bestätigte: Pflanzen, die unverkennbar nicht gedeihen oder gar serbeln, werden in Deutschland deshalb stehen gelassen, bis sie ganz abgestorben sind. Man darf doch die Hoffnung auf die Selbstheilungskräfte der Natur niemals aufgeben.

Anderswo, etwa in England, geht man viel unsentimentaler mit solchen Problempflanzen um. Man akzeptiert, dass etwas nicht geklappt hat, wie man wollte, entfernt den fehlerhaften Versuch und probiert es mit einer neuen Pflanze. Das, so Frau Spross, geht in einem gepflegten Garten gar nicht anders. Niemand will ein ungepflegtes Feld von Pflanzenruinen sehen.

Nicht mehr brauchbare oder nur nicht mehr gebrauchte Pflanzen auf dem Kompost zu entsorgen, gehört beim Gärtner deshalb zum Alltag und hat nichts Ehrenrühriges. Einen solchen Aufruhr zu veranstalten, um einigen Zimmerpflanzen das Leben künstlich zu verlängern, sei deshalb ganz einfach Quatsch.

Ich wandte schüchtern ein, das könne man auch anders sehen. Ich kenne eine Menge Leute, denen es ausgesprochen schwerfalle, Bücher einfach wegzuschmeissen. Wie viel mehr gilt das für eine Pflanze, die man lieb gewonnen hat, aber nicht weiter halten kann? Man kann doch ein lebendiges Wesen nicht einfach behandeln wie einen beliebigen Wegwerfartikel.

Natalie Spross räumte ein, auch ihr mache diese Entwicklung manchmal Bauchweh. Die Leute wollen bei einem neuen Garten sofort Ergebnisse sehen und nicht einsehen, dass die Entwicklung eines Gartens Zeit braucht, dass ein Garten am Anfang nicht seine volle Pracht entfalten kann, wenn man nicht massiv nachhilft. Mit Mitteln, die nicht unbedingt zum gärtnerischen Ethos und Selbstbild passen.

Auch etliche ihrer Gärtner, vor allem ältere, seien nicht glücklich über diese zunehmenden Zwänge. Es widerstrebe ihnen zum Beispiel, Blumen so dicht nebeneinander zu pflanzen, dass sie keine Chance auf ein natürliches Wachstum und eine natürliche Entfaltung haben. Nur weil es für eine begrenzte Zeit besser aussieht. Danach reisst man die Blumen ohnehin wieder aus und ersetzt sie durch neue. So, meinte sie, würden Pflanzen zu reinen Gebrauchsgegenständen und Wegwerfartikeln.

Für sie, schloss Natalie Spross ihre kleine Rede, sei auch da alles eine Frage des richtigen Masses. Sentimentalität für die Pflanzenwelt sei in der Gartenkultur so schädlich wie fehlender Respekt vor dem lebendigen Material, mit dem man es dabei zu tun hat. Gartenkultur wird immer im Spannungsfeld zwischen Natürlichkeit und Künstlichkeit ihren Platz finden müssen.

Wir beschlossen, die Gunst der Stunde zu nutzen und den lau zu werden versprechenden Abend auf der Terrasse des Hirschen zu verbringen, um von dort aus das Feuerwerk auf dem gegenüberliegenden Hügel namens «Hohe Buche» zu betrachten. Aus Anlass des fünfhundertjährigen Jubiläums des Beitritts des Kantons Appenzell (damals noch ungetrennt) zur schweizerischen Eidgenossenschaft hatten sich die umliegenden Gemeinden, die sonst jedes Jahr stur ihre eigene Feier veranstalten, zu einer gemeinsamen Feier auf dem Hügel zusammengerauft.

Wir waren gerade am Bestellen einer neuen Runde. Natalie Spross hatte sich entschlossen, im Hirschen zu übernachten, wenn auch nicht im fraglichen Zimmer. Und Karl konnte sich zur Not von einer Polizeistreife nach Hause fahren lassen. Promillegrenzen gab es also keine mehr, und wir hatten ja auch was zu feiern.

Da klingelte Karls Handy. Er sah auf dem Display nach dem

Absender des Anrufs und teilte uns mit, es handle sich um einen Zürcher Kollegen, ehe er das Gespräch annahm. Er hörte einen Moment lang zu und schaltete dann den Lautsprecher ein. Ausser uns war niemand auf der Terrasse, der hätte mithören können.

Wir erfuhren, dass Amanda Raggenbass kurz zuvor in ihrer Zelle tot aufgefunden worden war. Nach ihrer Verhaftung am Vorabend hatte der diensttuende Arzt keine Suizidgefahr diagnostiziert. Das war eine Fehldiagnose gewesen.

Karls Kollege las die kurze Abschiedsnotiz vor, die Amanda Raggenbass hinterlassen hatte:

«Meine Eltern haben mir beigebracht, dass man immer eine tödliche Pille mit sich tragen soll, für alle Fälle. Zu ihren Zeiten war es Zyankali, heute gibt es ebenso wirkungsvolle, aber weniger schmerzhafte Stoffe. Ich habe diese Lektion nie vergessen. Niemand wird ernsthaft erwartet haben, dass ich Jahre in einem Gefängnisloch absitze. Für meine Taten übernehme ich die volle Verantwortung, bis zum konsequenten Ende.»

Unsere Festlaune erlitt durch diese Information einen Dämpfer. Vor allem jene von Natalie Spross. Ihr musste blitzschnell klar geworden sein, was diese Mitteilung bedeutete: Amanda Raggenbass hatte das Geheimnis um den Aufbewahrungsort der Platahorn-Sprossen mit ins Grab genommen. Wo auch immer sie waren, sie würden dort elendiglich verdursten und vermutlich nicht einmal entsorgt werden. Vom Verlust sprossender Verdienstmöglichkeiten gar nicht zu reden. Jetzt musste man wieder von vorne anfangen. Vielleicht wäre man eines Tages wieder so weit, aber das würde Jahre dauern. Vorderhand werden wir also keine Platahorn-Bäume in den Strassen von Zürich sehen.

Natalie Spross selbst meinte, das sei jetzt nicht so wichtig. Viel wichtiger war ihr, und uns, etwas anderes. Die Erpresserin von Spross und Mörderin ihrer eigenen Schwester, die wir alle unter grossem Einsatz von Schlauheit, Mut und mit viel Glück zur Strecke gebracht hatten, hatte sich der irdischen Gerechtigkeit entzogen. Wir waren uns einig, dass dies eine unbefriedigende Note in das Ende einer Geschichte einbrachte, die wir ansonsten zur allgemeinen Befriedigung aufgelöst hatten.

Aber, sinnierte ich lautlos, während ich einen kräftigen Schluck nahm, um den unbefriedigenden Nebengeschmack hinunterzuspülen, vielleicht ist das Leben einfach so. Nur im Krimi finden am Schluss alle Fragen eine Antwort, und nur dort werden die Täter ihrer gerechten Strafe zugeführt, sodass die Welt wieder in Ordnung ist. Das Leben dagegen ist wie ein Garten: Ein Rest von unbefriedigendem Unkraut bleibt immer übrig.

Epilog

Je schöner der Garten ist,
desto mehr schöne Plätze
für Rosen
ergeben sich von selbst.
Karl Foerster

In der hintersten Ecke eines verwunschenen Friedhofs liegt ein Doppelgrab. Auf der linken Hälfte steht ein Rosenbäumchen mit schneeweissen Blüten, auf der rechten ein solches mit rosenroten. Darunter finden sich zwei einfache Steintafeln, auf denen die Namen und Daten der hier Begrabenen stehen: Graziella Rosengarten, 1961–2013, sowie Amanda Rosengarten, 1963–2013.

Besucher, die zufällig vorbeikommen, laben sich an der Schönheit und dem Duft der Rosen und fragen sich, ob es sich bei den beiden um Schwestern gehandelt habe und unter welchen Umständen beide im selben Jahr recht jung gestorben seien. Ohne Antworten müssen sie von dannen ziehen.

Sie haben es besser. Sie kennen jetzt die Geschichte. Nur ein Nachtrag noch: Mit diesem Doppelgrab erfüllte die Testamentsvollstreckerin den letzten Willen von Amanda, die möglichst nahe bei ihrer Schwester begraben werden wollte. Graziella hatte keine Anweisungen für ihr Begräbnis hinterlassen. Die Testamentsvollstreckerin, selbst in eine Hassliebe zu ihrer Schwester verstrickt, ging davon aus, dass Graziella trotz allem nichts gegen eine solche Lösung gehabt hätte. Schliesslich waren und blieben die beiden Schwestern, Schneeweisschen und Rosenrot.

Dank

Ich danke der Firma Spross in Zürich und ihrer Chefin, Natalie Spross, für die grosszügige Unterstützung, die es mir ermöglicht hat, diesen Kriminalroman zu schreiben. Und für die Inspiration, die Geschichte und Existenz von Spross dabei waren.

Dank gilt Spross auch dafür, dass mir beim Schreiben völlig freie Hand gelassen wurde. So konnte sich meine eigensinnige Phantasie frei entfalten und die Geschichte und die Geschichten dieses Krimis entwickeln, die natürlich alle ebenso frei erfunden sind. Na ja, fast alle.

Andreas Giger

EINE LEICHE IN DER BLEICHE

Broschur, 128 Seiten

ISBN 978-3-95451-007-8

»Andreas Giger schreibt einen süffigen Stil, und es gelingt ihm, zahlreiche Schauplätze so in die Handlung einzubauen, dass ein Führer durch die Eigen- und Besonderheiten der beiden Appenzell entsteht.« Appenzeller Volksfreund

Andreas Giger

MORD IM NORD

Broschur, 144 Seiten

ISBN 978-3-95451-068-9

Das Bewahrungskomitee für das geheime Appenzeller-Kräutersulz-Rezept verkostet einen Käse, der ein geradezu rauschhaftes Gefühl auslöst. Doch wie kommt der Käse zu dieser Wirkung – und was hat der gewaltsame Tod eines Sonderlings im abgelegenen Nord damit zu tun?

Andreas Giger

LEICHENRAUB MIT EICHENLAUB

Broschur, 144 Seiten

ISBN 978-3-95451-141-9

Unterhalb des Säntis-Gipfels entdeckt Privatermittler Franz Eugster eine Gletscherleiche samt allererstem Appenzeller Käse. Kurz darauf sind Leiche und Käse verschwunden ...

Der dritte Appenzeller-Käse-Krimi gibt Einblicke in den Charakter eines eigensinnigen Landstrichs – und enthüllt ganz nebenbei einige gut gehütete Geheimnisse ...